I0660368

LE

BON VIEUX TEMPS

OU

LES PREMIERS PROTESTANTS EN AUVERGNE

Traduit de l'anglais par Mme de W...

PARIS

GRASSART, LIBRAIRE-ÉDITEUR

3, rue de la Paix, et rue Saint-Arnaud, 4

—

GENÈVE

E. BÉROUD, LIBRAIRE-ÉDITEUR

—

1862

LE BON VIEUX TEMPS

325

18699

13,247 — Abbeville, Imp. R. Housse.

LE

BON VIEUX TEMPS

ou

LES PREMIERS PROTESTANTS EN AUVERGNE

 Traduit de l'anglais par Mme de W...

BIBLIOTHÈQUE IMPÉRIALE IMPR.

PARIS

GRASSART, LIBRAIRE-ÉDITEUR

3, rue de la Paix, et rue Saint-Arnaud, 4

—

GENÈVE

E. BÉROUD, LIBRAIRE-ÉDITEUR

—

1862

DÉPÔT LÉGAL 208 1862

LE BON VIEUX TEMPS

OU

LES PREMIERS PROTESTANTS EN AUVERGNE

CHAPITRE PREMIER

OU EST CHRISTOPHE ?

Dans l'une des vallées ceintes de montagnes et de rochers qu'on rencontre si souvent en Auvergne, une jeune fille aux yeux noirs, à la mine souriante, au bonnet blanc et au jupon bleu se tenait debout à la porte d'une chaumière; elle regardait en avant, tout en abritant ses yeux avec sa main pour se garantir du soleil de midi; on était à la fin de l'automne, la moisson et la vendange étaient finies, et les bouleaux, les mélèzes et les trembles qui croissaient à l'horizon

1

dans les fissures des montagnes étaient parés de
feuillages nuancés, tandis que les rochers rivalisaient
d'éclat avec eux ; leurs teintes violettes, lilas, vertes,
ombres, fauves, grises et brunes s'étalaient avec une
variété infinie jusqu'au point où le roc venait
rejoindre la prairie arrosée qui s'étendait aux pieds
des montagnes. Au milieu de la vallée, à quelques
lieues de la chaumière, s'élevait tout d'un coup un
pic gigantesque, aux flancs abruptes couronnés par
un château féodal et couverts d'une ville singulière-
ment bâtie comptant plusieurs églises et une cathédrale. A une petite distance de cette montagne, s'élevait un rocher en forme de pain de sucre, découpé en
pointes aussi fines que des aiguilles ; ses flancs
perpendiculaires et taillés à pic semblaient inacces-
sibles au pied de l'homme, et cependant une église
s'élevait à son sommet.

Ces rochers étaient alors enveloppés d'une vapeur
dorée ; mais, quelque frappants qu'ils pussent paraître aux regards d'un étranger, ils étaient trop fami-
liers aux yeux de la jeune fille pour fixer son attention,
elle était absorbée par des préoccupations qui portaient évidemment sur un rude sentier qui n'était pas

même une route, et qui traversait la vallée en passant devant la porte de la chaumière.

Un homme descendait lentement le chemin, mais lorsqu'il approcha, la jeune fille murmura vivement : « Ce n'est pas lui »

Le piéton arrivait en ce moment auprès d'elle ; c'était un homme qui avait atteint la maturité de l'âge, d'un visage serein, au regard pénétrant et réfléchi ; il était vêtu de drap tissu à la main et portait une ceinture de cuir, avec une petite valise.

— Je vous souhaite le bonjour, dit-il cordialement, en parlant le patois du district avec un certain accent étranger, je voudrais savoir si vous pourriez me donner une tasse de lait ?

— Je le peux et je le veux, dit la jeune fille, bien que ce soit la fin de notre lait, la vache est partie ce matin pour le marché.

— Oh ! cela est mauvais signe, dit le voyageur.

— Il n'y a pas de mal, dit la jeune fille, nous partons aussi. Tout est emballé, nous n'attendons plus que le moment du départ, si vous étiez venu une heure plus tard, vous auriez trouvé la maison vide et la porte fermée.

— Pourquoi donc?

— Pourquoi? Parce que voilà l'hiver qui vient, la vallée va être ensevelie sous la neige, et nous n'aurions plus de moyens de subsistance, sans compter que nous ne pourrions pas nous défendre contre les loups.

— Où allez-vous donc?

— Où voulez vous aller si ce n'est au Puy? Il y a là de l'ouvrage pour mon frère comme pour moi. Il entrera chez quelque armurier ou chez quelque tisserand pour rester près de moi, je coucherai chez ma grand'mère, et je me joindrai à un certain nombre de femmes de la plaine qui se trouvent dans la même situation que moi; nous louerons un logement, nous nous fixerons une règle, nous nous mettrons sous la protection de quelque saint, et nous ferons de la dentelle, nous bavarderons, nous dirons nos prières, nous chanterons des cantiques et des ballades, et nous travaillerons d'autant plus gaiement que ce sera de compagnie, je vous assure. Mais entrez, entrez donc: mon frère a emmené les bêtes ce matin avant le jour, et j'attends son retour.

En parlant ainsi elle entra dans la chaumière,

précédant l'étranger dans la pièce principale, qui composait à vrai dire tout le rez-de-chaussée de la maison, à l'exception de deux petits appentis. La chambre était assez vaste mais fort obscure, le jour n'entrait guère que par la porte et par le large tuyau évasé de la cheminée. Ses parois d'un bois foncé et rugueux étaient noircies par la fumée, le plafond traversé par les solives était soutenu au milieu de la chambre par un grossier pilier de bois; le sol était inégalement pavé, et un escalier de dix ou douze marches conduisait à une mansarde, seule chambre à coucher qu'offrît la chaumière. Tout était nu et démeublé, à l'exception d'un banc en bois et d'une lourde table; quelques ustensiles de ménage restaient seuls sur la cheminée : tout était empaqueté ou enfermé. Sur la table cependant se trouvaient les mets destinés à un dernier repas, du pain noir, un morceau de fromage de maigre apparence, de la salade, un pot de lait et une bouteille de vin léger.

— Asseyez-vous, asseyez-vous, dit la jeune fille en mettant la main sur le banc, trop lourd pour qu'elle pût le mouvoir, et permettez-moi de vous débarrasser de votre valise et d'épousseter vos souliers, vous avez l'air fatigué.

— Je le suis, répliqua-t-il en souriant et en acceptant ses bons offices, en sorte que l'hospitalité m'en est d'autant plus agréable.

— J'ai honte de vous entendre parler ainsi, répondit-elle, car en réalité, je n'ai rien à vous offrir qui en vaille la peine. Mais je ne puis donner que ce que j'ai.

— Chaque verre d'eau froide donné au nom de notre Maître à un frère recevra sa récompense, dit le voyageur.

— Eh bien, en tous cas, voilà du lait, ou bien voulez-vous du vin?

— Pourquoi n'attendrions-nous pas votre frère?

— Il est déjà en retard, vous êtes las, et vous avez faim.

— Oh! je peux bien attendre, cette chambre est si fraîche et si tranquille que ma fatigue a déjà disparu à moitié.

— Buvez un verre de lait, au moins; est-ce que vous allez au Puy?

— Oui, il me semble que c'est à deux pas.

— Oh! c'est plus loin qu'on ne croirait. La hauteur du rocher Corneille sur lequel est bâtie la ville et la pureté de l'atmosphère vous trompent, et puis vous ne pouvez aller au Puy à vol d'oiseau. Il y a une rivière à traverser, un marais à tourner, à moins qu'on n'ait le pied sûr et qu'on ne connaisse à fond les pierres jetées en travers des marais ; il y a aussi un mauvais pas à la descente par le taillis jusqu'au pont cassé, mais si vous voulez venir avec nous, nous vous montrerons le chemin le plus court. Vous êtes colporteur ?

— Oui, à peu près.

— Votre balle est bien petite ?

— Elle ne contient que quelques livres de cantiques et quelques feuillets imprimés. Voulez-vous en acheter un ?

— Ah ! je n'ai pas d'argent.

— Alors acceptez celui-ci en retour de votre lait ; vous savez lire, je suppose ?

— Oui, oui, Christophe m'a appris.

— Voilà votre frère, je vois son ombre sous la porte.

— Oh ! c'est seulement mon frère cadet, le pauvre Michel.

Au même instant, un jeune garçon d'une taille épaisse, au regard presqu'imbécile, entrait en chancelant dans la chaumière. Il attacha un moment sur l'étranger des yeux stupides, puis se tournant vers sa sœur, il prononça d'une voix plaintive quelques paroles inarticulées qu'une oreille exercée pouvait seule comprendre. — Où est Christophe ? avait-il dit.

— Christophe va revenir, dit-elle gaiement, tu as faim, mon pauvre Michel, voilà ce qui te fait trouver le temps long. Mange cela, et elle lui donna un morceau de pain. Il s'assit par terre à ses pieds en appuyant ses épaules contre les genoux de sa sœur, dès qu'il eut fini son pain, elle lui donna une tasse de lait, alors, laissant retomber sa tête, il s'endormit.

— Pauvre garçon! dit-elle en caressant doucement ses cheveux, et en se baissant pour l'embrasser au front, il s'est grillé au soleil en attendant Christophe, et la chaleur l'a assoupi. Je suis bien aise qu'il fasse un somme avant notre départ. Voulez-vous vous servir vous-même du pain et du fromage? Vous voyez que je ne puis pas bouger.

— Non, j'attends Christophe, dit le visiteur, je le

verrai avant vous de la place que j'occupe, et quand nous serons fatigués de causer, je vous lirai un peu, cela fera passer le temps.

— Il devrait être arrivé à l'heure qu'il est. Je ne comprends pas ce qui peut le retenir.

— A qui est ce château que je vois perché sur un rocher, à une certaine distance?

— C'est au baron de Saint-Vidal, c'est un vrai Turc, et pourtant on dit qu'il a encore du bon. Je ne sais pas où, alors; c'est un des trois Saints, comme on les appelle; lui, le baron de Saint-Hérem, et le baron de Saint-Chaumond; mais pour mon compte, je trouve qu'il vaudrait mieux les appeler les trois Pécheurs, ils n'ont aucune pitié des pauvres gens, et au lieu de nous protéger, ils nous écrasent.

— C'est partout la même chose, ma pauvre fille.

— Mais ce n'est pas bien, n'est-ce pas?

— Certainement non.

— L'année de la mauvaise récolte, par exemple... Est-ce que vous voyez venir Christophe?

— Non, il n'y a personne sur la route. Qu'est-ce que vous alliez dire?

1.

— Eh bien ! l'année où la moisson et la vendange n'avaient presque rien donné, les riches auraient dû venir à notre aide, à nous autres pauvres gens ; mais au lieu de nous aider, ils nous prenaient le peu que nous avions.

— Les moines auraient dû vous secourir.

— Les moines? Les moines de Chanteuges sortaient la nuit pour voler sur le grand chemin.

— Hum !

— Je n'oublierai jamais cette année-là, c'était celle de la mort de ma pauvre mère. Je restais près de son lit, et je faisais de la dentelle, dès que j'avais un moment de loisir, mais tout d'un coup il est venu une loi pour défendre à tous ceux qui n'étaient pas gentilshommes de porter de la dentelle, et tout notre commerce avec les riches bourgeois a été arrêté. Les hommes du Velay se dispersaient dans toutes les directions cet hiver-là, chacun fermait sa maison, on envoyait les femmes et les enfants dans les villes fortifiées, mais ma mère était trop malade pour qu'on pût la transporter, et ni mon père ni Christophe ne voulaient la quitter. Heureusement, car sans eux, nous aurions été dévorées par les loups qui venaient à notre porte. Nous serions morts de faim, sans la bonté de nos voisins qui, avant de partir, nous avaient tous apporté quelque chose pour ajouter à nos provisions... Vous le voyez ?

— Non, je n'ai vu qu'un jeune loup qui traversait la route. Continuez.

— J'oublie ce que je disais.

— Vous parliez du mauvais hiver. C'était en 1547, je crois.

— Oui, il y a deux ans. J'avais seize ans alors.

— Seulement ? Je vous aurais crue plus âgée ?

— Ah! le souci vieillit! dit-elle avec un triste sourire.

— C'est vrai, reprit l'étranger d'un air pensif. Je parie, par exemple que vous me donnez cinquante ans ?

— Quarante-huit, peut-être.

— Je n'ai pourtant que quarante ans, tout juste.

— Comment vous appelez vous ?

— Bertrand, je suis surtout connu par mon nom de baptême.

— Vous n'êtes pas du Velay ?

— Oh non !

— Où peut donc être Christophe? Cela commence à m'inquiéter.

— Il ne peut lui être arrivé aucun mal en plein jour.

— Ah! vous ne savez pas, répondit-elle d'un air distrait, voyez, voilà les ombres qui commencent à tomber du côté de l'Orient.

— Elles sont bien courtes encore.

— Oui, mais elles vont s'allonger à chaque instant, et nous partirons si tard.

— Allons, racontez-moi encore quelque chose sur ce mauvais hiver.

— Ah! je n'aime pas à penser à ce temps-là. Ma pauvre chère mère mourut en me recommandant aux soins de mon père et de mon frère, et en me confiant le pauvre Michel. La terre était si dure qu'on ne pût creuser son tombeau qu'au dégel; alors, au dégel, tout le monde revint dans les trois vallées, mais on n'était plus heureux et content comme par le passé. Les hommes qui avaient vécu dans les grandes villes y avaient entendu prêcher toutes sortes de nouvelles doctrines et, en revenant, ils en infestaient leurs familles.

— Quelle espèce de nouvelles doctrines?

— Eh bien! on disait qu'il n'y avait que deux sacrements au lieu de sept, que tout le monde devait communier sous les deux espèces, qu'il fallait honorer la sainte Vierge et les Saints mais non les adorer, et qu'il suffisait de confesser nos péchés à Dieu le Père...

— Vous savez ces nouvelles doctrines sur le bout du doigt!

— J'ai entendu si souvent mon père les discuter avec notre voisin Grégoire!

— Quel côté votre père soutenait-il?

— Oh! les vieilles idées, quand il soutenait quelque chose. Mais il écoutait surtout ce que Grégoire avait à dire, et il le questionnait, souvent sans répondre, au moins devant nous, car je l'ai entendu deux ou trois fois qui disait tout bas : « pas devant les enfants, pas devant les enfants! »

— Votre mère a-t-elle reçu l'absolution avant de mourir?

— Non, nous étions pris par la neige, il n'y avait pas moyen d'aller chercher un prêtre; voilà ce qu'il y a de plus triste, cela me fait quelquefois espérer et presque croire que ces nouvelles doctrines ont quelque chose de vrai, car je ne puis pas m'empêcher de penser qu'elle est allée au ciel, et les nouvelles doctrines disent qu'il n'y a pas de purgatoire.

— La question est de savoir si ce sont des doctrines nouvelles.

— Ah! quant à cela, qui en avait jamais entendu parler avant ces dernières années? Mon grand-père et ma grand'mère n'en savaient rien, non plus que mon père et ma mère jusqu'au moment de leur mort.

— Votre père est donc mort?

— Hélas! oui, il était allé à l'enterrement d'un ami, à quelques lieues d'ici, et en revenant dans l'obscurité, il a voulu prendre le chemin le plus court, il est tombé du rocher, et il s'est tué en tombant. Mais il faut décidément que je voie ce que devient Christophe.

Et elle essaya doucement de poser la tête de Michel sur le banc, mais il gémissait et résistait si visiblement à cet échange qu'elle sourit tristement, et resta à sa place.

— Vous ne le verrez pas arriver plus vite en regardant sur la route, dit Bertrand, et vous savez que je vois tout le chemin. Je vous ai promis de vous lire un peu pour passer le temps. Voulez-vous que je déballe mes livres? peut-être y trouverai-je le moyen de vous montrer que ces doctrines que vous croyez nouvelles sont par le fait aussi anciennes que notre religion même.

— Lisez ce que vous voudrez, pourvu que vous ne me troubliez pas l'esprit, dit la jeune fille. Je sais aussi bien que vous que les prêtres disent que vos livres sont dangereux, mais ils nous négligent si fort et leur pratique ressemble si peu à leurs doctrines, que je me sens tous les jours moins de respect pour eux, et qu'il m'arrive de penser à ce que Grégoire racontait à mon père. J'ai peut-être tort de parler de tout cela avec quelqu'un que je ne connais pas, mais, je ne sais pourquoi, vos manières me rassurent, et je ne puis m'empêcher de croire que vous êtes honnête.

— Merci bien, je suis bien aise de vous voir au moins cette confiance en moi, dit Bertrand en souriant et en détachant sa petite valise. Des hommes rusés et méchants peuvent nous jeter de la poudre aux yeux, et nous faire croire que le mauvais côté est le bon, comme on l'a fait trop souvent, mais la beauté de ces doctrines que vous appelez nouvelles, c'est précisément de ne dépendre ni de l'adresse, ni de l'instruction des hommes, et d'être si clairement exposées dans le livre de Dieu que tout le monde peut les comprendre.

—Ah ! mais il y a si peu de gens qui aient ce livre pour y regarder, dit la jeune fille.

— Tout le monde devrait l'avoir, dit Bertrand, et j'espère que le temps viendra pour tout le monde de l'avoir.

Quelques minutes après, Colette écoutait avec une profonde attention la lecture et les explications de l'étranger.

Au premier abord, ses yeux erraient souvent du côté de la porte, ses pensées se reportaient sur son frère absent, mais peu à peu son esprit se fixa sur les sujets que Bertrand développait avec tant de simplicité et de conviction, et elle était absorbée par des idées complètement étrangères à ses chagrins personnels, lorsqu'un jeune paysan échauffé par la

course s'élança tout d'un coup dans la cuisine d'un
air de grande agitation.

— Christophe!

— Oh! Colette!

CHAPITRE II

LE DÉMÉNAGEMENT

Il était alors à peu près trois heures.

— Qu'est-il arrivé! qui est-ce qui t'a retenu au Puy? s'écria Colette avec inquiétude.

— Je ne suis pas arrivé au Puy, je n'ai pas été plus loin que le pont cassé! Mais qui est cet homme? demanda Christophe en s'arrêtant tout court, et en regardant Bertrand d'un air soupçonneux.

— C'est un brave homme, un colporteur qui s'en va au Puy. Il n'y a rien à craindre, Christophe; mais alors où est la vache, et les moutons et les chèvres?

— Je n'en sais pas plus que toi; nous descendions du côté du pont, le troupeau et moi, et je ve-

nais de mettre les bêtes en ligne, quand j'entends
crier derrière moi « Halte! » et avant que je pusse me
retourner j'étais pris et attaché, les yeux bandés, à
un arbre. Il est vrai que j'ai donné un bon coup de
poing dans le nez à l'un de ces scélérats, il criait de
toutes ses forces, mais les autres se moquaient de
lui, ils devaient être au moins une demi-douzaine à
en juger par les voix, mais bientôt je ne les entendis
plus, ils s'éloignaient avec le troupeau, moi, je restais là, attaché à l'arbre, sans pouvoir bouger ni
pied ni patte, sans voir où j'étais, sans pouvoir même
chasser les mouches qui venaient sur ma figure.
Le temps s'écoulait, enfin j'ai entendu quelqu'un qui
passait en sifflant, et je me suis mis à crier — au
secours, au secours! sans savoir si c'était un ami ou
un ennemi. Par bonheur c'était le jeune Maurice, il
était assez surpris de me voir attaché à un arbre
comme un milan sur la porte d'une grange. Ah!
toutes les jointures m'en font mal de la tête aux
pieds, regarde seulement mon nez! et tout notre
troupeau est perdu!

— Les moines de Chanteuges? dit Bertrand.

— Non, non, ceux-là ne volent que la nuit, dit

Christophe, et je suis plutôt porté à croire que ce sont des hommes du terrible baron.

— De St Vidal ?

— Des Adrets ; non, non, St Vidal ne s'abaisse pas à de pareilles pratiques. De manière ou d'autre, notre bétail est parti, et nous voilà à peu près ruinés.

Le pauvre jeune homme s'essuya le front et s'assit. Colette lui passa le bras autour du cou et l'embrassa, Michel, qui ne comprenait pas bien ce dont il s'agissait, voyait cependant que Christophe avait du chagrin et lui serrait la main.

Bertrand baissant les yeux sur son livre lut tout haut : —« Mes frères, regardez comme le sujet d'une parfaite joie, les diverses tentations qui nous arrivent, sachant que l'épreuve de votre foi produit la patience. Mais il faut que l'ouvrage de la patience soit parfait, afin que vous soyez parfaits et accomplis, en sorte qu'il ne vous manque rien ! »

— Voilà de bonnes paroles, maître, dit Christophe tristement.

— Ceci est une affliction, plutôt qu'une tentation, il me semble, dit Colette.

— Et par conséquent d'autant plus facile à supporter, dit Bertrand, nous savons que les tentations viennent du Malin, tandis que les épreuves nous sont envoyées par Dieu.

— Oui, comme une jambe cassée, ou une maladie grave, dit Christophe, mais ceci est une mauvaise action des méchants et non une dispensation de la Providence.

— Dieu gouverne toutes les causes secondaires, dit le colporteur. Rien ne l'eût empêché de frapper ces hommes ou de les détourner de leur dessein, s'il n'avait pas su que ce serait pour votre bien.

— Vous parlez comme un prêtre, maître, c'est-à-dire comme un prêtre devrait parler, mais que faut-il faire ?

— Il est trop tard maintenant pour partir pour le Puy, dit Colette. D'ailleurs j'aurais peur.

— Si tu m'avais laissé faire comme je voulais, dit Christophe à sa sœur, sans mauvaise humeur, mais avec un sourire un peu triste, nous aurions attendu jusqu'à demain, pour nous joindre à la famille de Grégoire, et tout ceci ne serait pas arrivé.

— Ah ! dit-elle, en baissant les yeux, tu sais bien pourquoi je ne voulais pas.

— Quoi, avais-tu peur que Fabien ne te mordît le nez? dit-il en baissant la voix et en souriant.

— En tous cas, nous aurions sauvé notre troupeau. J'en suis bien fâchée.

— N'y pense plus, cela n'est bon à rien. Nous nous joindrons à eux demain.

— Oui, ce sera plus sûr. Je vais déballer les lits. Mais il faudrait dîner d'abord, tu dois être affamé!

— Comme un moine!

— Pauvre Christophe! moi qui me figurais que tu étais gâté par grand'mère, par tante Marceline, que tu avais un beau morceau de bouilli et le rôti, et des douceurs par dessus le marché!

— Je n'ai pas vu beaucoup de douceurs aujourd'hui. Peu importe! Ce sera tout de même dans cent ans. Commençons.

Et il jeta de nouveau un regard interrogateur du côté de Bertrand.

— Je me rendais au Puy, dit Bertrand, et comme j'étais las, et altéré, j'ai demandé à votre sœur une tasse de lait; en bonne chrétienne, elle m'a engagé à me reposer et à partager votre repas, et comme je la voyais fort inquiète de vous, j'ai cherché à faire passer le temps en lui lisant tout haut.

— Vous êtes bien bon, maître, permettez-moi de vous servir votre part de cette maigre chère.

Bertrand inclina respectueusement la tête sur ses mains jointes et rendit grâce à Dieu en quelques mots.

— C'est ce que j'aurais dû faire, dit Christophe, à moins, comme votre langage semble l'indiquer, que vous ne soyez réellement en quelque façon un homme d'église. D'ailleurs ce repas-ci ne ressemble pas à un diner ordinaire, et j'ai rendu grâce à Dieu avant le déjeuner, sans savoir ce que j'allais recevoir, ou pourquoi je priais le Seigneur de me rendre reconnaissant.

—Heureusement pour nous, nous ne savons pas ce qu'un jour doit enfanter, dit Bertrand, mais nous ne pouvons mal faire en demandant la bénédiction du Seigneur, quoi qu'il arrive.

— Viens donc, Colette, viens manger, à moins que tu n'aies déjà diné !

— J'ai bien des choses à faire, si vous pouvez vous passer de moi, dit-elle d'une voix entrecoupée, je n'ai pas faim d'ailleurs.

— Bien des choses, répéta Christophe en lui prenant la main malgré sa résistance, et l'attirant près de lui, il vit qu'elle pleurait.

— Allons, laisse de côté toutes tes affaires et viens dîner comme une brave fille, ne sois pas comme... comme...

— Marthe, suggéra Bertrand, croyez seulement que tout ira bien et laissez au lendemain le soin de se tirer d'affaire. A chaque jour suffit sa peine.

— Oui... mais... seulement...

— Pas de mais, dit Christophe, viens t'asseoir ici. Eh bien ! tu ne veux pas manger !

— Mais Christophe, nous n'aurons rien pour souper.

— Ah ! tant pis ! J'irai tout-à-l'heure en courant chez Grégoire pour demander un peu de pain et de fromage.

— Oui, ce sera peut-être ce qu'il y aura de mieux à faire ; il n'y a pas d'autre moyen d'ailleurs, il me faudrait aussi un peu de lait pour Michel. J'aurais mieux aimé ne pas y être obligée pourtant.

— Allons donc, est-ce que tu n'en ferais pas autant pour eux ?

— Oh ! oui ! seulement...

— Seulement tu n'aimes pas à encourir une obligation. Quelle folie!

— Eh bien! si tu y vas, dis leur que nous nous joindrons à eux demain!

— Oui, oui!

Le repas terminé, Christophe se rendit à la chaumière de son voisin, après s'être joint à sa sœur pour presser cordialement Bertrand d'accepter leur pauvre hospitalité jusqu'au lendemain. En son absence, Colette s'occupa de défaire un certain nombre de paquets et à préparer des lits pour la nuit, pendant que Michel qui ne comprenait rien à ce qu'elle faisait, la regardait fixement. Bertrand lisait, ou contemplait la vallée, parlant de temps à autre à Colette quand elle avait le temps de l'écouter.

Christophe revint, un peu avant la nuit, fort consolé par la sympathie des auditeurs qu'il venait de quitter. Le soleil se couchait de bonne heure, mais ce fut pour la petite famille le signal de la retraite, après une courte prière que Bertrand adressa à Dieu pour lui demander de les bénir et de les protéger.

Le lendemain matin, les sons peu mélodieux d'une corne à bouquin vinrent les appeler à se joindre à

2

leurs voisins; la marche était patriarcale; bien que
Grégroire fut un pauvre petit fermier, il était riche
en comparaison de Christophe, et son troupeau
comptait des vaches, des chèvres, des cochons, des
moutons, et un ou deux petits chevaux à tous crins,
que son fils faisait avancer, tandis que son vieux
cheval de charrette portait non-seulement sa jolie
fille Gabrielle et plusieurs paquets de matelas, mais
encore deux ou trois cages remplies de volailles.

Christophe amenait son unique cheval, attelé à sa
charrette que Bertrand l'avait aidé à charger; il y fit
monter sa sœur et son frère qui se placèrent devant
le bagage. Il avait encore une brouette, et Bertrand
voulut porter la cage des volailles, mais, au bout d'un
moment, on s'aperçut qu'on pouvait l'attacher sous la
charrette. On ferma la porte de la chaumière, Colette
jeta un long et triste regard sur sa demeure, puis détourna la tête en étouffant un soupir; Fabien, le fils
de Grégoire laissa bientôt son bétail aux soins d'un
jeune garçon de quatorze ans, et ralentit le pas
pour parler à Colette. C'était un jeune homme d'une
tournure un peu pesante, avec des traits lourds et
sans agrément, son regard était inquiet et incertain.

— Avant-hier soir, vous aviez dit que vous ne vouliez pas vous joindre à nous, dit-il.

— Je n'entends pas un mot de ce que vous dites ! répondit Colette, en souriant et en le regardant du haut de sa charrette d'un air d'impatientante surdité.

— Je n'en crois rien ! murmura-t-il tout bas, a-t-elle les dents blanches, cette petite coquine ? et ses lèvres sont rouges comme des cerises. Je vous dis, Colette, reprit-il en élevant la voix, que vous êtes bien cahotée, et que vous feriez mieux de descendre et de marcher.

— Et qui est-ce qui conduirait le cheval, Fabien ?

— Michel, bien sûr !

— Pauvre Michel ! j'aurais tout aussi vite fait de jeter les rênes sur le cou du cheval tout de suite.

— Oh ! il n'en arriverait pas grand mal ; votre vieux cheval aveugle ne bougerait pas.

— Ne vous moquez pas de mon vieux cheval aveugle, il nous a rendu beaucoup de services depuis bien des années.

— Mais, Colette, je le conduirais.

— Et vous laisseriez vos vaches et vos moutons ?

— André peut bien y veiller, vous voyez qu'il les conduit.

— Oui, et voilà la vieille brebis qui va tomber dans le précipice.

Fabien murmurant impatiemment quelque chose entre ses dents, courut au secours de sa vieille brebis, et lorsqu'il l'eût ramenée dans le bon chemin, il crut prudent de s'occuper momentanément de ses propres affaires, afin d'éviter une réprimande de son père.

— Voilà donc votre manière de faire valoir dans le Velay? dit Bertrand à Grégoire. Vous vendez votre bétail au commencement de l'hiver pour le racheter au printemps.

— Comment faire? dit Grégoire, en tous cas, il échappe ainsi au terrible Baron et à ses routiers. Ils ne peuvent pas emporter nos champs et nos vignes, nos chaumières ne valent pas la peine d'être pillées, ce qui n'empêche pas qu'elles ne soient quelquefois brûlées.

Bertrand garda le silence un moment puis il reprit à demi-voix et d'un ton solennel : — « Je viens à vous, riches; maintenant pleurez et jetez des cris à cause des malheurs qui vont tomber sur vous. Voici, le salaire des laboureurs qui ont moissonné vos champs et dont vous les avez frustrés crie contre vous, et les cris de ces moissonneurs sont parvenus jusqu'aux oreilles du Seigneur des armées. Vous avez vécu dans les voluptés et dans les délices sur la terre et vous vous êtes rassasiés comme en un jour de sacrifice. »

— Bravo, s'écria Christophe qui se trouvait à portée de la voix. J'aime ceux qui parlent ainsi, qui que ce puisse être.

— C'est la parole de Dieu, il me semble, dit Grégoire à Bertrand, en baissant la voix et en le regardant attentivement.

— Vous ne vous trompez pas.

— Encore quelques mots, c'est comme la pluie pour une terre altérée.

« — Vous avez condamné et mis à mort le juste qui ne vous résistait point. » Puis changeant tout d'un coup l'inflexion de sa voix qui alla jusqu'au cœur de ses auditeurs, Bertrand continua : « Mais vous, mes frères, attendez patiemment jusqu'à l'avénement du ... . Vous voyez que le laboureur attend le pré-

2.

cieux fruit de la terre avec patience jusqu'à ce qu'il reçoive du ciel la pluie de la première et de la dernière saison. Vous donc de même, attendez patiemment et affermissez vos cœurs, car l'avénement du Seigneur est proche.

— Que c'est beau ! dit Grégoire.

— Et si vrai ! ajouta Christophe, lorsqu'il est question du laboureur, je veux dire.

— La question est de savoir si l'avénement du Seigneur approche ? dit Grégoire. Je le voudrais pour mon compte. Mais, vous voyez, celui qui a écrit cela croyait qu'il était proche, et depuis tant de siècles qui ont passé sur le monde, les hommes deviennent de plus en plus méchants.

— Ne dites pas cela, mon ami.

— Je vous assure que je le pense. Les riches ne peuvent pas être plus dépravés et plus violents qu'ils ne sont maintenant. Et il y a bien des gens dépravés parmi les pauvres aussi.

A cet endroit, l'étroit chemin était parsemé de masses de rochers, et descendait brusquement le long d'une pente rapide coupée par des torrents jusqu'aux bords d'une rivière agitée, turbulente, tribu la Loire, qui était abritée des deux côtés par d'épais taillis qui la couvraient à peu près. Un pont de pierre brute, composé d'une seule arche, traversait la rivière, le parapet était rompu.

— Voilà l'endroit où l'on m'a attaqué, dit Christophe, et la petite caravane fit halte; chacun regarda autour de soi, avec la préoccupation du danger présent comme du danger passé.

— Et on ne pouvait guère trouver un endroit mieux choisi pour une sortie, observa Bertrand.

— Halte! dit Grégoire, au moment où la petite troupe se remettait en marche. Fais d'abord passer le bétail, Fabien, et puis tu reviendras pour conduire le cheval de ta sœur. Deux hommes à la tête de chaque cheval ne seront pas de trop, et nous ferons mieux de les faire passer l'un après l'autre.

Fabien jeta un regard inquiet du côté du taillis, puis il obéit aux ordres de son père. Le passage fut long et dangereux, mais s'effectua sans accident. Ils avançaient presque en silence, s'ouvrant un chemin sous les aulnes et les bouleaux, et trébuchant parfois sur les grosses pierres qui semblaient jetées à travers la route pour gêner les voyageurs. Ils dé-

bouchèrent bientôt sur une vaste étendue de prairies, d'un vert émeraude, qui semblait offrir le chemin le plus facile, mais cette apparence était trom-
peuse, la prairie toute entière ressemblait fort à une
éponge pleine d'eau. Les Velaysans connaissaient le
sentier, mais il n'était pas toujours possible d'y maintenir le bétail, et on avait souvent à retirer quelque
animal au moment où il s'enfonçait dans le marécage.

Les heures, la matinée s'écoula ainsi avec quelques intervalles de conversation quand le chemin
était bon, et on arriva au Puy, environ vers une
heure après midi.

CHAPITRE III

S'il était arrivé à Saint-Amable, qui avait l'odorat
si fin, qu'il frappa de mort une femme qui brûlait
dans sa lampe de mauvaise huile, s'il était arrivé à
Saint-Amable d'entrer au Puy un jour de marché
ou tout autre jour de l'année, il eût éprouvé un tel
dégoût que sa sainteté ne l'eût assurément pas empêché de se venger.

La vieille ville, baignée de toutes parts de l'air
pur des montagnes, avec toutes les facilités d'écou-
lement que fournit une pente rapide, était alors
comme aujourd'hui, une preuve de plus que Dieu a
fait la campagne, et l'homme la ville. Dieu avait mis
à la portée des habitants tout ce qui leur était néces-

saire pour la ventilation, la salubrité et la pureté
de l'atmosphère, et l'homme prenait plaisir à négli-
ger, à pervertir, à mal employer tous ces dons, si
bien que les sens des habitants, dépravés par l'im-
pureté de l'air qu'ils respiraient chaque jour, avaient
fini par devenir absolument insensibles aux épou-
vantables odeurs qui s'exhalaient de leurs étroites
rues.

Ces rues ou ces allées, étaient pavées de grands
blocs de lave, irrégulièrement taillés, sur lesquels
les chevaux, les bœufs et les quadrupèdes de tout
genre glissaient ou trébuchaient à chaque pas, jusqu'à ce qu'ils fussent arrivés à la place du marché,
la place de Breuil. Les rues et la place étaient remplies de bourgeois et de campagnards, les femmes
étaient montées à califourchon sur de grands et gros
chevaux de charette chargés de paniers, ou conduisaient des mulets et des ânes portant des cages de
volailles, leurs visages animés, brûlés par le soleil,
étaient encadrés dans des bonnets, aux garnitures
blanches comme la neige, surmontés de petits cha-
peaux plats en feutre avec des plumes flottantes,
des boucles et des ornements d'or; des voix aiguës

retentissaient d'un bout de la rue à l'autre, les hommes tenant la bride de leurs chevaux aiguillonnaient leurs bœufs, se poussaient, criaient, juraient; les enfants pleuraient, chantaient, battaient du tambour, sifflaient ou sonnaient du cor ; des marchands de gâteaux, de fruits et de légumes criaient leurs marchandises ; des trafiquants de reliques, de rosaires, de crucifix et d'images soutenaient une active rivalité dans les échoppes et les boutiques, au coin des rues, des marchés, des églises et des maisons; des colporteurs, des jongleurs et des montreurs de curiosités criaient çà et là; les moines mendiaient; les cloches des églises sonnaient ; les chanteurs de ballades et les joueurs de guitare faisaient de la musique; tous ces bruits et bien d'autres qui contribuaient au tapage et à la confusion générale étourdissaient complètement le pauvre Michel; Colette elle-même avait l'air ahuri.

En avançant dans les rues escarpées, la troupe diminuait à chaque pas ; Bertrand leur dit adieu d'un ton reconnaissant, en ajoutant qu'il devait passer quelque temps dans la ville, et qu'il les reverrait probablement; Grégoire et son fils se rendirent au

marché, laissant leur bagage en dépôt dans une petite hôtellerie où ils étaient connus; Christophe suivit leur exemple, et Gabrielle, qui restait avec les
bagages, dit gaiement adieu à Colette en lui promet-
tant de chercher leurs quartiers d'hiver le plutôt
possible et de lui faire dire bientôt ce qu'elle avait
trouvé.

Colette prit alors à pied, avec Michel, le chemin
de la ville haute, trop escarpée pour être jamais en-
vahie par les roues ni par les pieds des chevaux, et
dont le silence de mort présentait un singulier contraste avec la vie et le mouvement de la ville basse.
Michel serrait de toutes ses forces la main de sa
sœur, effrayé qu'il était en se sentant poussé et
pressé par les passants, jusqu'au moment où, au
bout de l'allée, ils se trouvèrent tout d'un coup en
face de la vénérable cathédrale. Michel poussa un
cri de joie et de surprise, et tira Colette en arrière
pour l'obliger à regarder.

Elle monta avec lui le long escalier de pierre défiguré par les échoppes remplies de médailles et d'i-
mages de la fameuse Vierge noire, et, arrivant sous le
vaste portique voûté, ils jetèrent à l'intérieur un re-

gard respectueux en entr'ouvrant la première porte, soutenue par deux belles colonnes de porphyre. Une envirante odeur d'encens s'exhalait de l'église, et on entendait dans le chœur les faibles sons de la musique sacrée. Colette fit avec dévotion le signe de la croix, en se rappelant que la cathédrale passait pour avoir été consacrée par les anges eux-mêmes; on racontait souvent comment, la première fois que l'évêque et sa suite y étaient entrés, ils avaient entendu des cantiques divins chantés par des êtres invisibles, et s'étaient aperçu que l'air était embaumé les parfums célestes.

Michel aurait voulu entrer, mais elle lui dit tout bas, « une autre fois », et l'emmena. En descendant des marches, elle rencontra un ecclésiastique qui jeta sur elle un regard si hardi qu'elle ne put s'empêcher de penser que cet homme n'était pas digne de son office, et elle éprouva quelque regret de sentir ses pieuses réflexions si brusquement interrompues. Les vendeurs de reliques l'importunaient bruyamment au passage.

— Achetez un chapelet, ma jolie fille! achetez une image de notre bienheureuse Dame! c'est le fac-si-

3

mile réduit de cette sainte image faite par le prophète Jérémie et donnée à notre cathédrale par le roi
Dagobert.

— Non, pas par Dagobert, ignorant que vous êtes!
cria un rival, mais par Haroun-al-Raschid !

— Par ni l'un ni l'autre, criait un troisième, placé
plus bas sur les degrés, mais par Louis-le-Jeune.

— Vous vous trompez tous, soutenait un quatrième,
c'était Philippe Auguste !

— Ce n'était aucun d'eux, criait un cinquième,
c'était saint Louis !

Au même instant, on entendit les pas des chevaux
sur le pavé, et on vit aussitôt paraître un petit
homme d'une mine rébarbative avec une épaisse
barbe rousse, il montait un magnifique coursier
dont il descendit vivement, puis, jetant les rênes à
un écuyer, il monta en courant les degrés avec son
manteau noir flottant derrière lui, et la plume blanche de son chapeau au vent.

— Voilà un des trois Saints! s'écria un vendeur de
reliques.

— C'est le baron de Saint-Vidal, qui apporte probablement quelque riche offrande à notre Dame, dit

un autre, il ne lui arrive pas souvent de mettre le pied dans une église.

— Non, mais il dit scrupuleusement ses prières deux fois par jour à ce qu'on dit, repartit le premier, et c'est ce à quoi les deux autres Saints ne peuvent prétendre.

— Plus grand est le saint, plus grand est le pécheur! murmura l'autre. Je veux dire : plus grand est le pécheur, plus grand est le saint. Comment donc dit-on?

— Il n'y a peut-être pas grande différence, dit l'autre en riant et en époussetant ses marchandises avec un vieux mouchoir.

Cependant Colette aidait le pauvre Michel à gravir les rues paisibles mais escarpées de la ville haute, l'air y était frais et pur, et à peine un murmure des bruits du marché venait-il interrompre le profond silence.

Beaucoup de vieilles maisons de ce quartier restaient désertes, les portes étaient ouvertes, les habitants étaient descendus sur la place du marché, sans aucune inquiétude de voir leur logis envahi par des indiscrets en leur absence. Çà et là un chien endormi

ou un chat couché en rond montaient la garde à la
porte ou à la fenêtre ; çà et là un joyeux oiseau, enfermé dans une cage, chantait sans auditeurs, et çà
et là une vieille grand'mère surveillait un jeune enfant, ou une active ouvrière en dentelles agitait ses fuseaux sur le seuil en chantant à demi-voix une ballade.

A la fin, dans une allée, ou plutôt au milieu d'une
seule rangée de vieilles chaumières de bizarre apparence construites sur un versant plus rapide que les
autres, et séparées du précipice par un simple mur
de lave, Colette arriva à la vieille maison qu'habitait
sa grand'mère. Cette vénérable vieille, coiffée d'un
bonnet qui entourait ses joues ridées d'une garniture
particulièrement ample et plissée, vêtue d'une robe
de laine foncée et d'un tablier jaune, se préparait
à jeter un baquet plein d'eau de vaisselle et de tiges
de choux par-dessus le parapet, sans s'inquiéter de
ce qui pouvait se trouver dessous, lorsqu'elle vit
arriver ses petits enfants :

— Ah ! vous voilà enfin, jeunes gens ? s'écria-t-
elle d'une voix forte et cassée mais joyeuse, et dans
un patois très-prononcé ; Marceline ! Marceline ! où
donc es-tu ? Les voilà !

Marceline s'approcha en boitant de la vieille porte sculptée, son visage exprimait un mélange de joie et de souffrance. Comme cela est trop fréquent au Puy, elle était très-infirme, grâce à une malheureuse chute qu'elle avait fait dans son enfance, sur un versant rapide; le mal qui en résultait avait été négligé trop longtemps pour qu'il fût possible d'y porter remède.

Elle avait trente ou quarante ans, et sans la con- traction de ses traits qui indiquaient la souffrance plutôt qu'un mauvais caractère, elle eût pu passer pour être belle. La maladie lui avait enlevé tout droit a ce titre, mais il y avait quelque chose d'intéressant dans ses traits, et le petit nombre de ceux qui la con- naissaient bien trouvaient quelque chose de sédui- sant à ce visage d'un ovale amaigri, aux traits régu- liers, au teint uni et sans couleur, aux grands yeux noirs et au regard languissant qui apparaissaient pour le moment à l'ombre du vieux porche couvert de mousse.

Marceline n'était pas religieuse, mais sa mère l'a- vait vouée au noir dans son enfance, dans l'espoir que la fameuse Vierge noire accepterait le compli- ment, et prouverait le cas qu'elle faisait de la dévotion en guérissant une infirmité résultant d'une coupable négligence. Bien que les années comprises dans le vœu fussent expirées depuis longtemps, Marceline s'était attachée à son costume sombre, avec la vague idée de se séparer ainsi du monde. Aussi, bien que le blanc et le bleu passent pour être les couleurs favorites de la Vierge, en l'honneur de l'image noire qui portait son nom dans la cathédrale du Puy, Marceline portait une longue robe de serge noire avec de larges manches, fermée autour du cou, un rosaire était suspendu à sa ceinture, et on voyait à peine ses cheveux tressés sous son bonnet blanc dépourvu de toute garniture contrairement à l'habitude de ses concitoyennes, et dont les longues barbes étaient souvent relevées sur la tête pendant qu'elle travaillait. La singularité de ce costume avait toujours séduit l'imagination de Colette, qui se plaisait à regarder sa tante comme un être un peu séparé du monde, et qui lui était supérieur.

Marceline reçut cordialement son neveu et sa nièce, et après de grands échanges de baisers et de salutations, tout le monde entra dans la vieille cuisine au

pavé de lave, où le pot-au-feu, encore sur les char-
bons, exhalait un parfum appétissant.

— Naturellement, nous avons dîné depuis longtemps, dit Marceline, mais nous avions deviné que
vous arriveriez et que vous seriez affamés, en sorte
que nous n'en aurons que plus de loisir pour vous
servir, et pour causer pendant que vous mange-
rez votre soupe. Pourquoi n'êtes-vous pas arrivés
hier?

— Ah! ma tante, nous avons eu tant de malheur!
et les lèvres de la pauvre Colette commencèrent à
trembler. Laissez-moi faire, dit-elle, en se levant
vivement pour prendre les assiettes et les cuillers
que portait Marceline, et pour lui éviter l'embarras
de mettre le couvert.

— Je n'ai rien fait aujourd'hui, ma chère enfant,
dit Marceline, et vous avez fait un long voyage.

— Oui, mais vous souffrez?

— Je souffre presque toujours maintenant, mais
dis-moi donc ce qui vous est arrivé?

— Oui, dis-nous cela, ma petite chatte, dit la mère
Suzanne en lui frappant sur l'épaule, puis donnant à
Michel un gros baiser, elle lui essuya le visage avec

son tablier, et finit par s'asseoir dans un vieux petit fauteuil avec ses mains sur les genoux.

Colette raconta la mésaventure de Christophe, qui excita de grandes exclamations et une profonde pitié.

— Où donc est-il alors, dit sa grand'mère, puisqu'il n'a rien à vendre? Ah! c'est vrai, il a le cheval, la charette et le bagage. Le voilà qui arrive avec un paquet de matelas sur le dos.

Christophe avait grand'faim et fut enchanté de trouver une assiette de soupe. Il dit qu'il avait eu le bonheur de vendre son cheval et sa charette au maître de l'auberge à laquelle il s'était arrêté, et qu'il vendrait bientôt la volaille, après quoi, dit-il, il comptait chercher de l'ouvrage, et une fois cela fait, il n'aurait plus qu'à revenir pour la nuit en apportant le reste du bagage.

— Puisque tu retournes au marché, Christophe, dit sa tante, achète-nous un peu d'huile pour la lampe, et quelques fromages, cela m'évitera une course fatigante. Je descends assez facilement, mais j'ai bien de la peine à remonter.

— Vous me laisserez faire toutes vos commissions

maintenant, ma tante, dit Colette affectueusement, cela m'amusera beaucoup.

— Oui, oui, je compte bien te rendre utile de toutes sortes de manières, dit Marceline avec un sourire aussi triste qu'il était doux. J'ai compté sur toute la peine que tu m'épargnerais depuis que j'ai su que vous deviez venir.

— Oh! tant mieux! que faut-il faire d'abord? desservir la table, laver les assiettes et les cuillers? Oui, et puis, je ferai nos lits. Tenez, voilà un bouquet de nos dernières fleurs que j'ai mis dans ce panier pour vous. Je vais les arranger un peu dans un vase.

— Oh! comme elles sentent bon!

— Et voilà nos derniers œufs, il y en a onze, et un pot de miel, et un paquet d'herbes odoriférantes, des ognons et un peu d'ail; voilà des betteraves, un morceau de porc et quelques saucisses. C'est tout.

— Ce n'est déjà pas mal, dit Marceline avec bonté.

— Quel joli petit chapeau tu as là, fillette! dit la mère Suzanne en plaçant le petit chapeau de Colette sur son poing pour l'examiner à son aise; cette garniture de velours cerise fait un effet charmant, il

3.

n'y manque qu'une petite plume tombante. Tu en auras une, chiffon.

L'après-midi se passa dans la sécurité et l'harmonie ; Colette y joua un rôle très-actif, elle voyait combien l'exercice physique de tout genre devenait pénible à sa tante, et elle insistait pour lui épargner toute fatigue, autant qu'il était possible. On laissa la mère Suzanne avec Michel, fort satisfait de se trouver avec elle, et Colette et sa tante se rendirent dans la chambre au-delà de la cuisine, où couchaient Marceline et sa mère ; Colette se mit à l'œuvre pour dresser son lit dans un coin, tandis que sa tante s'asseyait sur le bord du sien, en appuyant sa main sur son côté.

— Je vous trouve moins bien que je ne comptais, ma tante, dit Colette tout en défaisant les nœuds de ses paquets.

— Je suis moins bien, dit Marceline. J'éprouve des douleurs et des souffrances que je ne pourrais pas décrire, il n'y a pas de mots dans notre langue pour les exprimer, et à quoi servirait-il de les décrire si on ne peut pas les guérir ? Je n'ose pas penser à tout ce que j'ai dépensé d'argent en médecines et en médecins, sans que cela m'ait fait aucun bien, j'ai fatigué notre Dame par mes prières et je me suis épuisée à rester à genoux devant son autel, je lui ai en outre donné un grand cierge, et que faire maintenant ? Peut-être est-ce manque de foi ? et elle soupira.

— Certainement pas de votre part, s'écria Colette, mais peut-être des intercessions plus ferventes seraient-elles efficaces. Je vous assure que j'ai prié pour vous tous les soirs, j'ai même fait dire au pauvre Michel : « Bénissez tante Marceline. » mais maintenant que je vous vois, je sens que je n'ai pas été assez fervente, et je vous promets, ma tante, de prier pour vous avec une plus grande ardeur.

Marceline la remercia tendrement, puis elle dit :

— Comment vous êtes-vous tirés d'affaire ensemble, Christophe et toi cet été ?

— Oh ! c'est le meilleur et le plus affectueux des frères.

— A-t-il quelqu'idée de mariage ?

— Je crois bien qu'il en aurait, s'il n'était pas si pauvre. Gabrielle ne l'accepterait probablement pas tel qu'il est maintenant.

— Mais son père est pauvre aussi?

— Oh! non, ma tante, il n'est pas pauvre en comparaison. Nous avions une vache et il en avait quatre, nous avons un petit champ et une petite vigne, il a une vigne et trois champs. Nous le tenons pour un homme riche.

— Vos ancêtres étaient plus riches que les siens, pourtant.

— A quoi cela nous sert-il, maintenant qu'ils sont morts et enterrés? Ils nous ont laissé quelques cuillers d'argent, voilà tout! et nous serons obligés de les vendre au printemps prochain, pour nous aider à acheter une vache.

— Le printemps n'est pas là, il n'est pas nécessaire de voir de si loin, dit Marceline. Peut-être Christophe trouvera-t-il moyen de mettre de côté une jolie somme pendant l'hiver. Il est si actif et si industrieux, on peut être sûr qu'il trouvera de l'ouvrage. Michel a bonne mine, ses joues sont pleines.

— Oh! il est si bon, si docile! On ne peut pas s'empêcher de l'aimer. Je ne le trouve plus aussi en retard qu'autrefois, il a appris à dire son Pater Noster parfaitement bien, et Dieu peut le comprendre, s'il n'y a personne sur la terre qui entende ce qu'il dit, excepté moi.

— C'est bien vrai, Colette, allons, enferme tout cela dans la vieille armoire de merisier, et puis allons préparer le souper de Michel.

CHAPITRE IV

LA DAME NOIRE

Lorsque Christophe revint avec le reste du bagage, on s'aperçut qu'il avait oublié l'huile, et comme il était pressé de se mettre en quête pour trouver de l'ouvrage, Colette offrit de descendre jusqu'à la boutique à l'huile pour faire la commission de sa tante.

En traversant la place du Marché, elle vit le baron de Saint-Vidal qui passait à cheval accompagné de l'évêque, et montrait de la main un pieu fixé au milieu de la place, en s'écriant avec un éclat de rire effrayant :

— Ah ! j'espère que nous sentirons de rechef par ici l'odeur de la viande rôtie, un de ces jours.

L'évêque qui était fort humain, laissa passer cette remarque sans répondre, car le baron, croyant que la Vierge noire l'avait guéri d'une violente rage de dents, venait de lui en témoigner sa reconnaissance en lui faisant l'hommage d'un cierge de pure cire aussi gros que son bras.

Colette revenait avec son huile lorsqu'elle rencontra Gabrielle.

— Eh bien! s'écria Gabrielle, je n'ai pas perdu mon temps, depuis que tu m'as quittée. Je me suis associée à une compagnie de femmes, nous avons choisi Babette Laroche pour notre chef, nous nous sommes mises sous la protection de la Dame noire, et nous avons loué une grande chambre au-dessus de la boutique de poterie en face de la Boule d'or. Victorine Dumont et Marie Voisin sont des nôtres, ainsi nous sommes sûres d'avoir de la gaîté et de la piété. Tu seras bien aise d'être du nombre, n'est-ce pas?

— J'y ai réfléchi, dit Colette, et je crois que j'y renoncerai. La santé de ma tante Marceline est beaucoup plus ébranlée que je ne m'y attendais, et je crois qu'il vaut mieux que je reste avec elle, pour lui éviter, autant que possible, toute fatigue, je travaillerai à ma dentelle quand je pourrai.

— Cela sera horriblement ennuyeux, dit Gabrielle, tu mourras d'ennui quand tu seras enfermée avec deux vieilles femmes et un idiot dans un quartier de la ville aussi tranquille, et ton ouvrage n'avancera guère si tu te laisses constamment déranger.

— Je sais bien que je n'en ferai pas autant, à beaucoup près, dit Colette, mais il me semble qu'il est pourtant de mon devoir de soulager ma tante et que j'y trouverai plus de plaisir que si je restais assidue à mon ouvrage afin de pouvoir dire à la fin de l'hiver : « j'ai fait tant d'aunes de dentelle. »

— Mais la dentelle est pour vendre, reprit Gabrielle, et ne tiens-tu pas, surtout pour le moment, à gagner de l'argent ?

— J'y tiens beaucoup, certainement, ce n'est pas ce à quoi je tiens le plus depuis que j'ai vu ma tante.

— Ne sera-t-elle pas contrariée si elle te voit en retard ? Que ferez-vous au printemps ?

— Le printemps est bien loin pour s'en inquiéter, comme dit ma tante, répliqua Colette, et je n'y veux pas penser.

Gabrielle allait répondre, lorsqu'un homme, portant un cochon qui se débattait entre ses bras, vint les heurter toutes deux, l'huile de Colette fut sur le point d'être renversée. Au même instant, un groupe de chanteurs errants entonna bruyamment une montagnarde et les deux jeunes filles se séparèrent en se faisant un signe de tête amical.

Comme Colette arrivait à la porte de sa grand'mère, elle crut voir Christophe debout sous le porche. Elle lui mit sans cérémonie la main sur l'épaule, en disant gaiement: Prends garde à moi et à mon huile! Mais le jeune homme, se retournant, la regarda d'un air de surprise et d'étonnement. Il avait une belle figure et une expression agréable ; mais ce n'était pas Christophe et il ne lui ressemblait même pas ; Colette fut si embarrassée de sa méprise qu'elle rougit et laissa presque tomber sa cruche. « Prenez garde, dit-il en la retenant, ce serait dommage de gâter ce joli tablier rose, » et il s'éloigna avec un sourire de bonne humeur.

— Qui est-ce ? demanda Collette à sa tante.

— C'est Victor Souvestre, dit Marceline, il vient de me rapporter ma cage d'oiseau qu'il a raccommodée. Il rend toujours quelque service à quelqu'un

Comme le jour tombait, Marceline en parlant
ainsi prit l'huile des mains de Colette et se mit à
arranger la lampe; pour Michel, il bâillait si fort
que sa sœur comprit qu'il était temps de le faire
coucher. Lorsqu'elle lui eut fait dire sa prière,
qu'elle l'eût embrassé et bordé dans son lit, elle alla
rejoindre Christophe qui était à cheval sur le parapet
de lave, et qui chantait :

Le jeune Aucassin aimait Nicolette,

avec un pied sur la terre ferme et l'autre balottant
au-dessus d'un précipice de quatre ou cinq cents
pieds. Il lui dit qu'il s'était engagé chez un tisserand, beau-frère du jeune Souvestre le cordonnier,
qui passait apparemment tous ses loisirs à causer
avec lui. Puis il dit ce que devaient être ses gages,
et il se mit à compter ce qu'il pouvait économiser et
à calculer le moment où il aurait assez d'argent
pour acheter une vache. Il dit ensuite à Colette de
regarder toutes les lumières qui s'allumaient dans
les maisons au-dessous d'eux ; la vieille ville avait l'air
toute parsemée d'étincelles, ils écoutaient ensemble

les carillons, les horloges et les cloches des églises
qui se mêlaient aux chants lointains, aux cris et aux
éclats de rire, pour former une harmonie bizarre et
un peu plaintive. Alors Christophe commença à fre-
donner un chant de montagne, mais il rentra bientôt
dans le silence et se mit à contempler le rocher en
forme de pain de sucre, que le crépuscule semblait
rapprocher de lui, il suivait de l'œil les formes
vagues des charrettes et des carrioles, et les troupes
de paysans retournant à leurs villages dans la
plaine. Enfin, montrant à sa sœur une lueur loin-
taine qui voltigeait au-dessus du marais, il lui
dit :

— Sais-tu ce que c'est?

— Une lanterne? dit Colette.

— Non, le feu follet.

— Vrai? dit-elle avec un petit frisson.

— Oui, nous avons précisément aujourd'hui le
temps chaud, lourd et humide qui lui convient, et
d'ailleurs c'est jour de marché, et il y a par là une
quantité de pauvres imbéciles que le malin lutin
peut égarer.

Collette fit dévotement le signe de la croix.

— Quelle étrange créature cela doit être ! dit-elle. Je voudrais bien savoir ce qu'il fait le jour.

— Il dort dans quelque trou ou dans quelque caverne, dit Christophe d'un ton décidé comme s'il était parfaitement au courant des habitudes du lutin.

— As-tu jamais rencontré personne qui l'ait positivement vu?

— Oh! oui, Georges Morin l'a rencontré un dimanche soir en revenant d'une foire de bestiaux, il l'a traîné à travers les buissons et les marécages, et a fini par le jeter dans une mare, où il est resté jusqu'au matin sans connaissance.

— Est-ce qu'il disait à quoi cet être ressemblait?

— Non, pas précisément, mais je m'en fais très-bien l'idée : c'est un lutin à la large bouche, à la grosse tête, avec quelque chose de malicieux dans la physionomie.

— Je serais bien fâchée de le rencontrer, dit Colette en frissonnant.

— Bah! cela vaut mieux que d'être attaqué par des routiers, je t'assure. Je sais quelque chose des uns, si je ne sais rien de l'autre. A propos, as-tu entendu l'histoire que Gabrielle racontait pendant que nous traversions la vallée, *le routier et la noble tête?*

— Non, je ne pouvais pas, ma charrette allait devant. Dis-moi ce que c'était?

— Oh! cela ne perdait rien à sortir de ses jolies petites lèvres roses. Je vais gâter l'histoire; n'importe, voilà le fond. Un parti de routiers venait de prendre une ville, l'un d'entre eux, en passant devant la porte ouverte d'une maison, vit dans le corridor quelque chose qu'il prit pour une tête de mouton. — Bon, voilà mon souper, se dit le routier, et il jeta la tête dans son sac, dans l'obscurité, sans y bien regarder, puis il se rendit à ses quartiers. En examinant son butin un moment après, tu peux te figurer son désappointement et son dégoût en voyant que c'était la tête d'un homme récemment décapité.

— Hum! se dit-il, ce n'est pas là ce que j'attendais. Tout mauvais que je suis, je ne suis pourtant pas un cannibale. D'après ces longues boucles de cheveux soyeux, cette moustache bien coupée, je pense que cette tête devait reposer sur les épaules de quelque gentilhomme dont les amis ne seraient pas ravis de la voir jeter aux chiens. Je pourrai peut-être en faire de l'argent.

En s'informant, il apprit que la tête appartenait en effet à un jeune seigneur d'un château voisin, et que la maison où il l'avait trouvée était celle du boureau.

Comme le château n'était pas loin, le routier se mit tout de suite en marche, avec la tête dans son sac. On avait enlevé les grilles du château par ordre du roi et on avait foulé aux pieds la bannière de la famille ; un fidèle intendant, les yeux rouges de larmes, le reçut sans aucun soupçon et le mena dans la salle où le père du jeune comte, tout désolé qu'il était, enseignait leurs prières à deux jolis orphelins, ses petits-fils. Quand le routier vit le vieillard ainsi occupé, son cœur s'attendrit, et il s'arrêta sur le seuil. Le vieux comte, en le voyant, posa son livre de prières, et lui fit signe d'avancer, un peu surpris et consolé en voyant quelqu'un s'aventurer dans une maison ainsi déshonorée. En chemin, le routier avait eu l'idée de lancer la tête hors du sac, aux pieds du vieillard...

— Quel misérable ! s'écria Colette.

— Naturellement, reprit Christophe, tous les routiers sont des misérables qui vivent de leurs péchés et de leurs épées. Mais lorsque celui-ci vit les cheveux blancs du vieux comte et l'innocent visage des petits garçons qui coururent se réfugier dans un coin dès que la prière fut interrompue, il en eut compassion, et se dit qu'il allait voir ce que le vieillard pouvait avoir à dire. Le pauvre seigneur était là près du feu, l'air très-abattu, et lorsque la grêle vint à frapper contre les vitres peintes, il dit d'une voix triste :

— Sans doute, vous avez été contraint de vous réfugier dans cette maison infortunée parce que vous n'avez pu trouver d'abri ailleurs ?

— Non, non, repartit le routier, je ne suis pas de ces gens qui fuyent le chagrin et la peine comme on fuit la peste et la potence. Pleurez, mon brave monsieur, si cela vous soulage, je réponds que celui que vous pleurez méritait vos larmes.

— Oh ! oui certainement, dit le malheureux père, des ennemis, dévorés de jalousie, l'ont accusé de sorcellerie, et on était décidé d'avance à le faire mourir. Je pleure non-seulement sa mort, mais la façon dont il est mort, ses pauvres restes mutilés ont été privés de leur chef, qui ne recevra même pas la sainte sépulture. Hélas, on attachera sa tête aux portes de la ville et les corbeaux viendront et... Ici les larmes l'empêchaient de continuer.

— Bien sûr, messire, dit le routier, maintenant que c'est une affaire faite ce qu'il a de mieux à faire c'est d'y penser le moins possible. Mais j'imagine que si un étranger comme moi venait vous trouver, avec un sac comme celui-ci, en vous disant que la tête de votre fils était dedans, vous vous trouveriez mal de peur ou que vous le feriez chasser de votre château.

— Oh ! non certes, dit le vieux seigneur, je le regarderais comme le plus grand bienfaiteur que je pusse avoir sur la terre, et je tiendrais son cadeau pour ce que j'ai de plus précieux au monde.

— Préparez-vous donc à recevoir un coup, dit le routier, en détachant son sac pour en tirer très-doucement la tête, car la voilà.

Le vieux comte tressaillit, il regarda un instant le routier d'un air majestueux. Puis jetant les yeux sur la tête, il se mit à fondre en larmes, en s'écriant : Donnez-la-moi, donnez-la-moi ! Le ciel soit loué !

nos têtes reposeront dans le même tombeau !

Le routier, fort ému, lui remit la tête en gardant un respectueux silence, et quitta le château sans demander de récompense. Mais un moment après il fut rejoint par l'intendant qui lui apportait un gros sac d'argent.

— Est-ce tout ! dit Colette. Je crois qu'il n'y a pas beaucoup de routiers comme celui-là.

— Il y a des bonnes et des mauvaises gens partout, dit Christophe. Il fallait entendre Gabrielle raconter l'histoire.

Après un moment de silence, il commença à murmurer un cantique à la Vierge, et Colette, la main appuyée sur l'épaule de son frère, se mit à chanter avec lui.

Les étoiles apparaissaient au ciel l'une après l'autre.

CHAPITRE V

LES MARRONS RÔTIS

Tout d'un coup on aperçut à l'horizon une horrible lueur rouge.

— Vois donc, dit Colette, qu'est-ce que cela?

— Une ferme, ou peut-être une village auquel les routiers ont mis le feu, dit Christophe, après un moments de silence, puis l'attirant à lui : Voilà ce qui aurait pu nous arriver, dit-il bien bas, si nous étions restés chez nous une nuit de plus.

— Pauvres gens! qui pourrait dire quelles horreurs se passent au milieu de ces flammes? dit Colette.

— Qui pourrait le dire en effet? répéta Christophe. Peut-être cependant les routiers sont-ils désappointés de voir qu'on s'est enfui avant leur arrivée et se vengent-ils, en se donnant le plaisir de la seule méchanceté qui leur reste, celle de brûler les murailles et le chaume.

— C'est affreux de voir de pareils spectacles, et de ne pouvoir être d'aucun secours! et cependant comme c'est bon d'être perchés ici, bien protégés par des grilles solides, de se sentir entourés d'une foule de gens, et parfaitement en sécurité!

— Ah, ne nous vantons pas !

— Allons, quel danger peut-on courir ici?

— Les villes et les cités ont quelquefois été mises à sac.

Ici leur grand mère les appela et les fit rentrer.

Quelques jours après, Colette rencontra Gabrielle toute défigurée par un grand emplâtre.

— Eh bien, Gabrielle ! s'écria-t-elle, qu'est-ce que tu as donc fait ?

— Ah ! tu peux le demander, dit Gabrielle, seulement ne te moque pas de moi, parce que je suis blessée.

— Blessée ! je crois bien, si le mal que tu t'es fait est aussi grand que ton emplâtre.

— Tout aussi grand, je t'assure, mais, ce qui m'inquiète le plus, c'est que j'ai peur d'avoir toujours une cicatrice. Je t'avais dit que nous avions loué une bonne chambre au-dessus du potier, que nous avions choisi une maîtresse, et que nous nous étions mises sous la protection de la Dame noire. Qui aurait cru, après cela, que le plancher céderait sous nos pieds, et que nous tomberions toutes dans le magasin en dessous, comme autant de briques, au milieu de toute la poterie ? Nous avons cassé je ne sais combien de pots, sans compter tous les coups, toutes les coupures et tout le mal que nous nous sommes faits. Ce n'était pas drôle, je t'assure.

— Je suis enchantée de n'avoir pas été avec vous, dit Colette, y a-t-il eu quelqu'un de sérieusement blessé ?

— Non, personne n'a eu les os cassés, mais tout le monde est plus ou moins défiguré. Victorine a la lèvre fendue, Marie a un œil comme une prune mûre, Georgette s'est foulé le poignet, et moi, tu vois comment je suis !

— Oui, c'est bien dommage !

— D'ailleurs, nous avons cassé plus de poterie que nous n'avions d'argent pour payer. Mon père nous a avancé la somme, et nous devons la payer peu à peu, mais cela ôte le courage à l'ouvrage quand il ne s'agit que de payer une dette. C'est une mauvaise affaire, voilà tout. Et sais tu ce que le potier a dit ? que le plancher n'avait jamais cédé jusque-là ! Et il a ajouté que nous étions bien lourdes, à ce qu'il semblait.

— Avez-vous trouvé une autre chambre ?

— Oh ! oui, mais c'est un rez-de-chaussée, ce n'est pas à moitié aussi clair et aussi gai. Quand viens-tu nous voir ? Tu n'es pas encore venue.

— J'ai tant à faire pour aider ma tante. Tu sais que l'ouvrage de la maison est double.

— Oui, et tu vas passer ton temps à peler des navets et à éplucher des carottes, en sorte que tu n'auras pas fait douze aunes de dentelle d'ici à Noël. Adieu, je viendrai te voir un de ces soirs.

Dans l'après-midi, Colette nettoyait les cuillers d'argent, lorsque quelqu'un frappa à la porte, elle se leva pour ouvrir, et tressaillit lorsqu'on lui dit : « Voulez-vous acheter... » puis on s'arrêta et on tressaillit comme elle. Tous deux se mirent à rire, car c'était Bertrand, et on ne s'attendait pas à se rencontrer.

4.

— Ah! vous voilà donc? dit-il gaîment. Vous aviez oublié de me dire où vous demeuriez.

— Vous ne me l'aviez pas demandé. Entrez, je vous en prie.

— Oui, mais permettez d'abord que je jouisse un moment de la superbe perspective qu'on a de cette porte. Quelle plaine! quelle ceinture de collines, de rochers et de montagnes! Que de châteaux perchés à leurs sommets comme des nids d'aigle! Les rivières serpentant au travers de cette vaste plaine ressemblent aux veines bleues qui sillonnent la main blanche d'une dame. Le bétail et les troupeaux ne sont que des points! Comme le rocher en aiguille couronné d'une église qui s'élève à côté de nous est d'une forme curieuse!

— C'est la chapelle de Saint-Michel, elle n'est pas bâtie sur le rocher, mais elle a été taillée dans le roc même; on appelle ce rocher l'Aiguille; on y monte par deux cent dix-huit marches pour arriver à la chapelle; au-dessus de la porte de la chapelle, il y a une figure sculptée d'une femme avec une queue de poisson.

— Hum! cela ressemble à Dagon.

— On dit qu'on y adorait autrefois les idoles.

— Peut-être y adore-t-on encore des idoles.

— Chut! Je sais ce que vous voulez dire, mais il faut faire attention à vos paroles, nous ne sommes pas ici dans les plaines du Velay.

— Nous avons trop souvent dans notre cœur des idoles véritables bien que secrètes, dit Bertrand, et elles sont plus dangereuses peut-être que celles de bois ou de pierre, parce que leur influence est plus engourdissante que celle d'un objet extérieur. Lorsque une idole cachée absorbe toutes nos pensées, l'image de Dieu s'obscurcit peu à peu, cette idole secrète est trop souvent le *moi*.

— A qui donc parles-tu, Colette? demanda sa grand'mère.

— A Bertrand, grand'mère.

— Bertrand *qui*?

— Comment pourrais-je lui dire ce que je ne sais pas? dit Colette en souriant. Entrez et répondez-lui vous-même, ma pauvre tante serait, je crois, bien aise de vous voir, mais elle souffre beaucoup cet après-midi.

— Qui êtes-vous? dit la mère Suzanne en le

regardant à son entrée d'un air soupçonneux.

— Bertrand le colporteur, qui doit l'hospitalité d'une nuit à vos bons petits-enfants. Voulez-vous acheter quelque chose?

— Qu'avez-vous à vendre?

— Vous allez voir, dit-il en soulevant de son épaule une balle beaucoup plus lourde que celle qu'il portait dans le Velay. Un moment après la table était couverte de mouchoirs, de rubans et de tabliers aux vives couleurs, les plus séduisantes du monde.

Choisissant l'un des plus jolis tabliers, il l'offrit à Colette, en disant : J'ai réservé ceci pour vous le donner quand je vous rencontrerais, en souvenir de votre hospitalité.

— Oh! c'est charmant, merci bien, s'écria-t-elle ravie. Regardez-donc, tante Marceline.

Marceline était à demi-couchée sur un banc si fort dans l'ombre que Bertrand ne l'avait pas aperçue au premier abord. Il apporta auprès d'elle quelques-unes de ses marchandises les plus séduisantes, afin de satisfaire sa curiosité sans lui donner la peine de se lever, laissant la balle et le reste de son contenu à la merci de la mère Suzanne et de Michel qui la vidèrent complètement.

— C'est joli, dit Marceline, oh!

Et elle poussa un gémissement de douleur en changeant de place.

— Vous souffrez, dit Bertrand avec compassion, ne peut-on rien faire pour vous soulager?

— Hélas! non! j'ai dépensé tout mon argent en médecins, et toute mon énergie en prières.

— Dormez-vous la nuit?

— Non, c'est ce qu'il y a de pis, je reste éveillée pendant des heures, sans trouver aucun répit à mes souffrances, et c'est ce qui fait que je suis si fatiguée pendant le jour.

— Laissez cela, mon petit homme, dit Bertrand vivement, en voyant que Michel cherchait à ouvrir de force une petite boîte. Il la prit, et revint auprès de Marceline.

— J'ai quelques médecines dans ma balle, dit-il, et je puis vous en donner une qui vous fera du bien, je crois, sans en savoir davantage sur votre état, si ce n'est que vous êtes sujette à l'insomnie. Voulez-vous en essayer?

— Je ne sais pas. Qu'est-ce que c'est ?

— Quand je vous dirais un nom bien savant, en seriez-vous plus avancée ?

— Il me semble que oui, d'ailleurs, je ne vous connais pas.

— Quel avantage pourrais-je trouver à vous faire du mal ?

— Mais vous pourriez me faire du mal sans le vouloir.

— Cela se pourrait ; dit-il en souriant, mais avec une si ferme assurance dans la voix et dans le regard, que Marceline ne pût s'empêcher d'être tentée de se fier à lui.

— Montrez-la moi, dit-elle.

— La voilà ! Maintenant, vous voilà bien avancée.

— C'est égal, je suis bien aise de l'examiner. Je ne connais pas cette odeur-là.

— Je suis bien sûr que non.

— Quel en est le prix ?

— Je vous en donnerai une dose ce soir, et je reviendrai demain pour savoir comment vous êtes,

— Demeurez-vous auprès de nous ?

— Je n'ai pas encore eu le bonheur de trouver

un logement, et je couche à une misérable auberge près de la place du marché. Prenez-vous des pensionnaires?

—Non, notre maison est pleine depuis que ma nièce et mes neveux sont ici. Mais Geneviève Souvestre pourrait vous recevoir, elle vit à deux pas d'ici, c'est une pauvre veuve, mais elle est propre et obligeante. Je suppose que vous n'êtes pas difficile pour votre logement?

— Oh! non, pourvu que j'ai une chambre un peu tranquille à moi tout seul.

— A vous tout seul, je n'en sais rien. Son fils, Victor, la partagerait peut-être avec vous.

— Cela n'est pas bien agréable, mais un colporteur ne doit pas être difficile. J'irai lui parler tout à l'heure.

— Et dans l'intervalle, j'achète ces tabliers et cette pièce de ruban, dit la mère Suzanne, mais c'est trop cher, trop cher!

— Voyons, qu'est-ce que vous voulez me donner?

— Rabattez quelque chose! Et tous deux se mirent à rire en marchandant les objets jusqu'à ce que, la mère Suzanne eût fait ses emplettes à sa complète satisfaction.

Michel retournait des petits livres qu'il ne pouvait pas lire. Colette les lui reprit doucement et les replaça dans la balle.

— Je croyais, dit-elle à Bertrand, que vous ne vendiez que des livres.

— Cela n'irait pas ici. Je suis obligé d'offrir des marchandises plus populaires, en vendant un livre par ci par là, quand j'en trouve l'occasion. En voulez-vous un ?

— Oh ! bien volontiers ! Choisissez-moi un livre qui puisse me plaire. Combien est-ce ?

— Oh ! je ne peux pas accepter de l'argent de *vous*. Comment savez-vous que vous pouvez vous fier à moi pour vous choisir un bon livre ? Votre tante ne sait pas si elle peut se fier à moi pour lui donner une bonne médecine !

— Oh ! je n'en sais rien, mais cependant j'ai confiance en vous.

— Eh bien ! votre confiance n'est pas mal placée. Prenez celui-ci, et s'il vous plaît, je vous en donnerai par la suite un autre qui vous plaira encore davantage.

En parlant ainsi, il remit en souriant le reste de ses marchandises dans sa balle et leur dit adieu.

— Le visage de cet homme me plaît, dit la mère Suzanne, seulement il parle un si mauvais patois, qu'à peine peut-on le comprendre.

— C'est-à-dire qu'il parle français, et non patois, dit Marceline, mais je l'ai très-bien compris.

Quand Christophe revint, il dit : — Colette, j'ai vu Gabrielle ; et il partit d'un éclat de rire.

— Est-ce comme cela que tu sympathises avec elle ? dit Colette. Alors tu ne dois pas être bien amoureux, il me semble.

— Vois-tu, nous nous sommes rencontrés tout d'un coup, j'ai été pris par surprise, en sorte que je n'ai pas pu m'empêcher de sourire un peu et cela l'a tellement choquée que tout en lui disant, la minute d'après, que j'en étais bien triste pour elle, ce qui était vrai, je n'ai pas pu le lui persuader et elle est partie toute fâchée. Où donc est Michel ?

— Appuyé contre le parapet, il regarde l'Aiguille.

— Prends garde qu'il ne tombe quelque jour par dessus ce parapet.

— Oh ! il n'y a pas de danger, on peut se fier à lui

5

tous les jours davantage, et je crois que je pourrai bientôt le laisser aller tout seul à la cathédrale.

— Pourquoi le laisserais-tu aller ?

— Parce qu'il aime tant à s'y trouver et qu'il ne m'est pas toujours facile de l'y mener quand il le désire.

Christophe ne répondit pas, mais il sortit et, allant rejoindre Michel, s'établit dans sa posture favorite à cheval sur le mur. Michel trouva cette invention charmante et chercha à l'imiter. Mais Colette sortit précipitamment et le tira en arrière, pendant que Christophe secouait la tête, fronçait le sourcil, et lui faisait comprendre qu'il ne fallait pas y penser. Alors, Colette, toujours la main sur l'épaule de Michel, demanda à Christophe si le beau-frère de son maître, Victor Souvestre, lui plaisait.

Christophe mâchait une paille sans répondre, et lorsque Colette répéta sa question, il répliqua qu'il y avait de certaines choses qui lui plaisaient et d'autres non.

En dehors de cette réponse d'oracle, il ne dit rien. Un fragment du mur de pierre se détacha sous son pied, et tomba sur le rapide versant jusqu'à un petit creux du rocher qui contenait un peu d'eau. Michel enchanté d'entendre le ricochet, se mit à jeter des cailloux dans le creux, puis, las de cette occupation, il commença à lancer des petites pierres çà et là, en poussant des éclats de rire de triomphe quand elles rebondissaient contre un mur ou un rocher.

— Oh ! fi donc, dit Colette, il ne faut pas faire cela. Vois, Michel, tu as frappé le crucifix attaché au mur. Fi donc, Michel, priez. Et elle joignit les mains dans l'attitude de la prière du côté du crucifix, comme pour demander pardon, et l'engager à en faire autant, mais Michel était en mauvaise veine et ne voulut pas lui obéir, il continuait à rire en lançant toujours des pierres dans la même direction, frôlant à tout moment le crucifix sans qu'on pût savoir s'il y mettait une mauvaise intention ou non. Colette, qui attachait une grande importance à son obéissance implicite, fronçait les sourcils et le grondait sans effet ; l'humeur folâtre du pauvre idiot semblait augmenter, et la chose devenait assez sérieuse pour que Christophe prît la peine de se retourner en disant gravement : Allons, gamin ! Michel, riant, entra dans la maison en trébuchant et Colette le suivit au moment où Fabien s'approchait de la porte.

— Ah! vous nous avez enfin découverts! dit Christophe gaiement. Comment va Gabrielle ce soir?

— Elle... vous l'avez vue ce matin, ainsi vous savez ce qu'il en est. Pourquoi Colette s'en est-elle allée dès qu'elle m'a vu?

— Elle est allée coucher Michel, dit Christophe. Je ne crois pas qu'elle vous ait vu.

— Je vous assure bien que oui. Elle n'a pas tourné la tête, mais elle a tourné les yeux.

— Elle va revenir, dit Christophe, ou bien nous irons la chercher. Votre nouvel ouvrage vous convient-il?

— Comme ça, dit-il en faisant claquer ses doigts. La paie est bonne, mais le maître est grognon.

— Qu'importe s'il paie bien?

— Je ne sais pas, nous verrons. Et ils commencèrent à causer de leurs différentes occupations, de leurs maîtres, de leurs camarades et de leurs gages.

— Je m'étonne que Colette ne revienne pas, dit Fabien au bout d'un moment, en regardant toujours la porte. Si nous entrions?

— Oh! nous sommes mieux ici, en plein air. Ma grand'mère a fait aujourd'hui une décoction de rue, la cuisine ne vous plairait guère.

— Je ne sais pas si j'ai le nez aussi fin que bien des gens, dit Fabien. Les ognons, par exemple! eh bien! je les aime beaucoup.

— Moi aussi, pour manger, mais non dans un bouquet. Ils continuèrent ainsi à causer de chose et d'autre, jusqu'à la tombée de la nuit; alors on vit Colette qui allumait une lampe, son joli profil se dessinant en ombre contre le mur.

— La voilà enfin! dit Fabien, allons, rentrons.

— La rue et le reste! dit Christophe en quittant à regret son attitude favorite.

Au même instant un jeune ouvrier de bonne mine, à l'air résolu, passa à côté d'eux, fit un joyeux signe de tête à Christophe et entra dans la maison.

— Qui est-ce donc? dit vivement Fabien.

— C'est Souvestre, un de mes camarades, c'est un excellent garçon. Ma grand'mère le connaît depuis longtemps, il est toujours par ici.

Fabien suivit Christophe dans la cuisine, mais il avait l'air sombre comme la nuit. Victor était déjà

établi en ami intime au coin du feu, tirant des mar-
rons de sa poche et les mettant à griller, tout en
chantant :

Ahi bouldage ! Ahi bouldage !

CHAPITRE VI

OU LE SOULIER BLESSE

— De la rue ! de la rue! c'est l'herbe du chagrin, je leur en donnerai de la rue, murmurait Fabien entre ses dents en sortant ce soir-là de la cuisine de la mère Suzanne. Tout le monde avait été très gai autour du feu, en grillant les châtaignes et en se brûlant les doigts, mais, je ne sais comment, Fabien n'avait pas brillé. Il était jaloux de la place de Victor dans le petit cercle, jaloux de sa joyeuse humeur, et de sa bonne mine, et il trouvait que Colette n'avait pas le sens commun d'accorder à Victor plus de sourires qu'à lui. Il se consolait en se disant : — Bon, je lui apporterai des châtaignes demain, mais il ne pouvait s'empêcher d'en vouloir à Colette et à Victor, et, avant la fin de la soirée, on s'était décidément disputé; par amour de la paix, Colette avait laissé tomber la querelle, mais Fabien s'en retourna chez lui fort irrité. Quant à Victor, il quitta la maison une demi-heure après, le sourire sur les lèvres, mais cela ne dura pas jusqu'à sa demeure qui était cependant fort rapprochée, et au lieu d'aller se coucher, il s'accouda sur le parapet et resta là à méditer pendant une demi-heure au moins. Lorsque sa mère, l'apercevant enfin, vint le prier de rentrer parce qu'elle voulait fermer pour la nuit, il lui obéit en silence, et mangea son souper d'un air sombre; lorsqu'elle lui dit que le nouveau pensionnaire était déjà allé se coucher.

Lorsque Victor entra dans la chambre où il comptait trouver Bertrand endormi, il vit, à la lueur de la lune, que le colporteur était à genoux, il se déshabilla donc et prit possession de son lit avant que Bertrand eût fini sa prière, et, pendant une heure, il ne fit pas plus de bruit qu'une souris.

Victor commença alors à s'agiter et à soupirer. Bertrand lui demanda s'il souffrait et le jeune homme, répondant sèchement que non, rentra dans l'immobilité.

Bertrand ne dormait pas, mais Souvestre était tombé dans un sommeil agité; il se réveilla tout d'un coup en disant : — Je voudrais que vous fussiez mort!

— Moi ? dit le colporteur.

— Non, répondit Victor impatienté et honteux de ce qu'il avait dit. Pourquoi restez-vous là sans dormir, à écouter mes pensées ?

— Mon cher ami, je reste éveillé uniquement parce que vous m'empêchez de dormir. J'espère que vous m'en tiendrez compte dans votre note.

Victor poussa un grognement mécontent qui avait la prétention d'être un éclat de rire poli.

— A qui souhaitez-vous la mort ?

— A mes soucis !

— Hum ! je n'ai jamais eu assez d'imagination pour voir le souci sous la forme d'une personne et pour lui parler.

— C'est fort probable.

— Permettez-moi de vous faire une question, le plus poliment du monde, êtes-vous amoureux ?

— Amoureux ? répéta Victor, avec un sourire de mépris. Mes soucis sont d'une toute autre nature, je vous en réponds, et puis, continua-t-il d'une voix

5.

plus douce, quand je serais amoureux, qu'est-ce que cela vous fait ?

— Je vous demande pardon de l'impertinence de ma question.

—: Oh! non, grogna Victor, ce n'est pas cela, bien que je sois peut-être un peu amoureux aussi. Le fait est que j'ai à faire un ouvrage qui ne me plaît pas du tout.

— N'est-ce que cela?

— Attendez donc de savoir ce dont il s'agit, avant de dire que ce n'est pas suffisant !

— Eh bien ! dit Bertrand, après un silence de cinq minutes : ai-je attendu assez longtemps ?

— Allons donc, vous n'imaginiez pas que j'allais vous le dire, n'est-ce pas ?

— J'avais cette idée.

— C'est une erreur, une grande erreur, bonsoir!

— Bonsoir !

— Dites donc... reprit Victor un instant après.

— Quoi? dit Bertrand en se réveillant.

— Je vous ai vu dire vos prières avant de vous coucher...

— Je ne vous ai pas vu dire les vôtres.

— Il ne s'agit pas de cela. Qui donc priez-vous?

— Voilà une question tout aussi curieuse que celle que je faisais tout à l'heure ; je vous réponds cependant : Dieu!

— Pourquoi pas notre Dame noire?

— Je ne connais pas votre Dame noire, et je n'ai pas en idée qu'elle me connaisse beaucoup.

— Ah! savez-vous que ce que vous venez de dire est dangereux?

— Jeune homme, je ne recule jamais devant le danger, quand il se trouve devant le chemin de la vérité.

— Ah! voilà qui est bien dit, s'écria Victor en s'asseyant sur son lit. Est-ce que vos actions répondent à vos paroles?

— Jusqu'à présent, je l'espère.

— Vous avez l'air sincère. Je voudrais savoir si vous êtes un homme sûr. Qui êtes-vous?

— Pourquoi supposez-vous que je sois autre chose que ce que je parais? Je ne vois pas de raison de vous raconter mon histoire.

— Non... et cependant... je voudrais vous croire honnête !

— Essayez! Fiez-vous à moi!

— Allons, je veux vous mettre à l'épreuve. Vous savez nécessairement que nous possédons un des souliers de la Vierge?

— Non, je n'en savais rien, dit Bertrand en riant. Comment, vous et votre mère?

— Non, non, nous autres gens du pays, la cathédrale : c'est saint Georges qui nous l'a donné.

— Ah! vraiment? Pourquoi ne vous a-t-il pas donné la paire?

— Je suppose, voyez-vous, qu'on a fait cette question-là si souvent que l'évêque commence à en être ennuyé. Ce qu'il y a de sûr, c'est qu'il m'a fait venir ce matin en particulier pour me demander de faire le pendant. Voyez-vous, cela m'a troublé.

— Pourquoi donc?

— Pourquoi? pourquoi? parce qu'il m'a recommandé de garder le secret. On dira sans aucun doute, que ce soulier est dû à quelque miracle !

— J'avais toujours cru que votre évêque était un homme d'esprit, dit Bertrand, mais ceci prouve qu'il est un imbécile. Qu'est-ce qui l'empêchait d'envoyer le soulier pour modèle à Paris, avec l'ordre d'en faire un second sans dire un mot de l'usage qu'il en voulait faire?

— Cela aurait pris du temps et donné de la peine, dit Victor, et il se croyait bien sûr de moi. Mais voyez-vous, la ruse me reste à la gorge, et ce n'est pas seulement cela, mais la fraude, à propos du soulier neuf, me fait douter de l'ancien!

— Douter de l'ancien? s'écria Bertrand. Est-ce que vous en aviez fait l'ancre de votre foi? On peut aller au ciel, je suppose, sans croire à un vieux soulier?

— Ah! mais cela ébranle ma foi à d'autres choses meilleures et plus importantes, parce que nous les tenons toutes de la même autorité.

— C'est ce que je nie.

— Prouvez-le moi, si vous pouvez.

— Oui.

Et il s'en suivit une conversation destinée à d'importants résultats.

Lorsque la mère Suzanne et sa famille se réunirent pour déjeûner le lendemain matin, Michel ne paraissait pas. Colette alla l'appeler, et elle le trouva si profondément endormi qu'elle chercha vainement à le réveiller, elle se dit qu'il valait mieux lui laisser faire son somme, et on déjeûna sans lui.

Environ une heure après, Colette retourna dans la chambre de son frère, qu'elle trouva encore si profondément endormi, qu'elle en fut inquiète, et le secoua vivement. A la troisième fois, il ouvrit les yeux, son regard était un peu vague, mais en voyant sa sœur, il sourit et se leva sans rien dire. Quand il fut habillé, elle lui donna son déjeûner, mais il n'avait pas grand'faim, et après avoir mangé une ou deux cuillerées, il sortit et alla s'étendre sur le parapet, pour se chauffer au soleil d'automne, dans cet état de demi-engourdissement qui compose la plus grande partie de la vie des crétins.

Dans l'intervalle, Bertrand vint voir Marceline.

— Comment êtes-vous, ce matin ? dit-il.

— Beaucoup mieux, je vous remercie, répliqua-t-elle.

— Avez-vous bien dormi?

— Très-bien.

— J'en étais sûr.

— Vraiment? dit-elle en souriant. Et comment un homme si sage ne sait-il pas aussi que je n'ai pas pris sa médecine ?

— Pourquoi donc ? dit Bertrand d'un air désappointé.

— Je l'ai perdue.

— Alors, c'est Michel qui l'a prise. Je me souviens de lui avoir vu mâcher quelque chose, après le départ de Bertrand ; comme il faisait des grimaces, j'ai avancé mon doigt dans la direction de sa bouche pour lui ôter ce qu'il mâchait, mais il a tout avalé avec une dernière grimace et il s'en est allé en riant.

— Eh bien ! il a eu une bonne nuit, en tout cas, j'imagine, dit Bertrand.

— Nous avons eu toutes les peines du monde à le réveiller ce matin, et il est encore tout assoupi.

— A tout prendre, je suis bien aise de n'avoir pas avalé cette médecine, dit Marceline, puisque j'ai eu une bonne nuit sans cela, et que je puis l'attribuer directement à la bonté de Dieu, sans l'intervention d'aucun moyen humain.

— C'est une excellente manière d'envisager la chose, dit Bertrand. Combien de fois nous arrive-t-il de perdre la joie et la consolation d'une communion directe avec Dieu, parce que nous mettons entre lui et nous un objet quelconque ? L'intercession

des saints par exemple... Ah! en tout cas, ce garçon est réveillé maintenant. Le voilà qui lance des
pierres !

— C'est Christophe qui lui a appris cela, dit Colette
en s'avançant vivement vers la porte. Michel, il ne
faut pas faire cela !

Michel s'arrêta un instant la pierre à la main,
sans savoir s'il allait la lancer ou non. A ce moment
même, la cloche de la cathédrale appelait les fidèles
à la prière, et Michel jetant sa pierre se dirigeait de
ce côté; mais Colette le ramena sous le porche et lui
donna un jouet pour s'amuser.

Elle trouva Bertrand et Marceline plongés dans
une conversation qui semblait les intéresser tous les
deux, et Colette remarqua avec étonnement, sur le
visage de sa tante, la beauté cachée qu'elle n'y avait
jamais aperçue jusqu'à ce moment d'animation et de
bien-être. Elle s'approcha d'eux, écoutant avide-
ment; on discutait les questions vitales qui commençaient à cette époque à agiter la France tout entière. Le temps s'écoulait insensiblement, enfin Bertrand se rappela que ses affaires l'appelaient ailleurs
et il se prépara à les quitter.

— Où est Michel ? s'écria Colette avec effroi, en ne le voyant plus sous le porche ni dans les environs.

Son premier instinct fut de courir au parapet, et de regarder si elle ne voyait rien au bas des rochers, mais il n'y avait aucune trace de Michel. Alors elle descendit en courant le long des maisons, demandant aux dentellières assises devant leurs portes si elles l'avaient vu passer. L'une d'elles dit que oui, les autres étaient absorbées par leurs commérages et n'avaient rien vu.

— Je suis sûre qu'il est allé du côté de la cathédrale, dit Colette. Comme j'ai eu tort de le laisser si longtemps sans surveillance !

— Ne craignez rien, dit Bertrand, qui venait de la rejoindre, en tout cas, il ne marche pas bien vite, et je vais le chercher.

— Merci bien, mais il faut que je le cherche aussi. Comme j'ai eu tort !

Elle trouva Michel auprès du chœur, dans la cathédrale, agenouillé à quelque distance des chanteurs, et contemplant, avec un respect profond mais confus, la scène imposante qui se déroulait devant lui, tandis que la musique semblait exciter en son âme une extase muette.

Colette, heureuse de l'avoir retrouvé, s'agenouilla à côté de lui, et se joignit aux prières. Puis, lorsque le service fut fini, elle le prit par la main et retourna à la maison.

CHAPITRE VII

Le lendemain matin, Michel était de nouveau absent. Colette, contrariée de l'avoir perdu de vue pendant quelques minutes, descendit en courant du côté de la cathédrale, sans inquiétude pourtant et convaincue qu'elle allait le trouver dans quelque coin de l'édifice. La ville haute était aussi paisible que de coutume, çà et là on entrevoyait par quelque porte ouverte une ménagère active occupée à faire sa soupe, ou une pâle dentellière détordant ses fuseaux, mais tout cela dans un si profond repos qu'on eût entendu d'un bout à l'autre du quartier le miaulement d'un chat égaré. Sur la place de Breuil, les choses étaient bien différentes; des groupes de bour-

geois parlant à haute voix, ou la bouche ouverte,
dans un stupide étonnement, se pressaient sous les
vieux arbres dans l'espace ouvert qui formait le centre de cette pittoresque place. Colette était trop
préoccupée pour faire grande attention à d'autres
affaires que les siennes, mais elle entendait, sans y
réfléchir, des phrases détachées comme celles-ci :
« C'est un sacramentaire qui a fait cela. — Je croyais
qu'il n'y en avait pas ici. — N'en croyez rien, ils ont
partout des réunions secrètes et des mots d'ordre. —
Il y a des étrangers qui rôdent dans la ville. — On
dit que c'est l'enfant qui a fait cela. »

Ce n'était pas l'heure du service, mais Colette entra vivement dans la cathédrale et se mit à la par-
courir dans tous les sens, en cherchant partout Michel; ce fut en vain. Elle demanda à deux ou trois
personnes si on l'avait vu, tout le monde répondit
négativement, son inquiétude s'accrut, elle renou-
vela ses recherches, dans l'espoir de trouver son
frère endormi dans quelque coin; enfin, désolée, elle
sortit et descendit les degrés en demandant à tous
les vendeurs de reliques s'ils avaient vu son frère.
Ils bavardaient entre eux, et répondirent négati-

vement sans faire grande attention à ses questions.

Alors elle entra dans les rues étroites, escarpées, bruyantes, sans savoir quelle direction elle devait prendre, et elle s'informa dans quelques boutiques où elle avait fait de petites acquisitions. En sortant de l'une de ces échoppes, elle se heurta contre son bon vieux voisin Grégoire, et lui demanda vivement comme à tant d'autres :

— Avez vous vu mon frère?

— Je sais où il est, répliqua-t-il, et j'allais chez vous pour vous le dire. On l'a mené devant l'évêque et le chapitre !

— Devant l'évêque et le chapitre ?

— Uniquement par la faute de mon imbécile de fils, malheureusement. On a commis la nuit dernière une mauvaise action, un crucifix a été détruit et mis en pièces, le clergé est furieux, et a soulevé le peuple, qui est également fort animé; on avait une grande vénération pour ce crucifix, et chacun a peur qu'on ne l'accuse du crime.

— Mais qu'est-ce que Michel fait là-dedans?

— Mon garçon Fabien entendant parler de cela dans la rue, a dit sottement : Je connais quelqu'un

qui a jeté des pierres contre le crucifix. On a relevé
ces paroles, les autorités ont été prévenues, et à sa
grande surprise, on l'a envoyé chercher. Je n'étais
pas chez moi, et je ne savais rien de ce qui se passait,
lorsqu'un voisin m'a appris que Fabien avait été appelé devant les Consuls. Je m'y suis rendu au plus
vite, mais il était trop tard ; on l'avait interrogé, et
il avait avoué qu'il y a deux ou trois jours, il avait
vu le pauvre Michel qui jetait des pierres à un
crucifix.

— Oh ! comment a-t-il pu dire cela ? s'écria Colette
tandis que des larmes de chagrin et d'indignation
jaillissaient de ses yeux.

— Alors on a envoyé quérir Michel, continua Grégoire, sans écouter Fabien qui disait qu'il était à moitié idiot, parce que, voyez-vous, si on pouvait prouver qu'il est coupable, tout le monde serait justifié.

— Naturellement ; pauvre malheureux orphelin !
sanglotait Colette. Je vais le rejoindre.

— Ne vous désolez pas ainsi, dit le bon fermier,
on l'a probablement déjà mis en liberté, ou bien ce
ne sera pas long, vous sentez qu'on ne peut pas punir
un idiot !

— Des coquins le pourraient, dit Colette amèrement, on pourrait dire qu'il n'est pas aussi idiot qu'il en a l'air. J'y vais.

— Et j'y vais avec vous, dit Grégoire, ce n'est pas seulement parce que mon fils est cause de votre chagrin. Il aurait bien pu tenir sa langue au chaud.

— Méchant !

— Non, non, ne dites pas cela, Colette, mais bien stupide. Ah! regardez donc, voilà Christophe, Michel est avec lui !

Colette vola vers ses frères, et accabla Michel d'un déluge de baisers et de larmes. Son visage portait déjà les traces des pleurs, il avait de la peine à respirer, il avait l'air échauffé, terrifié et plus égaré que jamais.

Christophe avait également bien chaud et avait l'air très-agité.

— Comme tu dois être fâché contre moi, Christophe, dit Colette en sanglotant, de ce que je l'ai perdu de vue?

— Tu ne l'aurais pas perdu de vue qu'il en aurait été de même, puisque les Consuls avaient donné l'ordre de l'arrêter, tu n'aurais pas pu l'empêcher ;

mais Fabien... et ses yeux lançaient des éclairs.

— Vous lui attribuez des sentiments qu'il n'avait pas, interrompit Grégoire, mais je ne puis pas vous demander pour l'instant d'avoir grande patience envers lui. Dites-nous comment tout cela s'est passé.

— J'étais à l'ouvrage, quand Souvestre est arrivé tout essoufflé, et m'a dit : On mène votre frère devant les Consuls, je ne sais pas pourquoi. Naturellement, je suis parti tout de suite en criant : — Venez avec moi ! nous courions ensemble, et nous sommes arrivés à la porte au moment où les sergents le faisaient entrer. La foule était si compacte qu'au premier abord je ne pouvais pas approcher, enfin je me suis mis à crier : « Laissez-moi passer, je vous en prie, je suis son frère, c'est un crétin. » Alors on m'a fait place, et je me suis trouvé tout près de Michel, pas à côté de lui, mais assez rapproché pour échanger des regards, et il avait l'air si effrayé !

Christophe avait quelque chose dans la gorge, et il fut obligé de s'arrêter un moment, Grégoire lui mit avec bonté la main sur l'épaule.

— Je suis essoufflé, dit Christophe, pour s'excuser à ses propres yeux de son émotion. Eh bien ! à ma grande surprise, qui est-ce que je vois là, Bertrand le colporteur, arrêté avec Michel ! Victor m'y fit faire attention, et comme il avait l'esprit plus libre que moi, il dit à l'un de ses voisins : « Allons! qu'est-ce que ce colporteur fait là ? Pourquoi l'a-t-on arrêté ? — Je n'en sais rien, » dit l'autre, qui demeurait à ce qu'il paraît dans notre quartier, à quelques portes de nous ; « mais il paraît qu'on le soupçonne de bien des choses. J'aiguisais mon couteau sur la pierre de ma porte et l'idiot me regardait faire quand les sergents sont venus et l'ont saisi, en disant : « Il faut que vous veniez avec nous ! » Je me suis relevé d'un bond en disant : Arrêtez-vous ; vous ne pouvez pas l'emmener, c'est un idiot ! « Coquin ou idiot, dit l'un des sergents, il faut qu'il vienne devant les Consuls, on a des soupçons sur lui. » Alors j'ai pris mon bonnet, et je me suis mis en devoir de les accompagner, parce que, voyez-vous, je ne pouvais pas prendre mon parti de ne rien faire pour l'enfant d'un voisin qui était en danger ; et je suis parti sans avoir le temps de faire autre chose que de crier à ma femme : — Michel est arrêté, dis-le à Colette ! Je ne sais pas si elle m'a entendu ou non, je n'ai pas eu le

6

temps de m'en assurer. Comme nous passions près de votre porte, voilà cet homme qui en sort. « Eh bien ! Michel, dit-il, où donc vous mène-t-on ? » Sur quoi l'un des sergents se retourne, le prend au collet et lui dit : Là où vous allez aussi, mon maître, car on vous soupçonne, et pour plus d'une raison, je vous assure ! Le colporteur avait l'air surpris, mais il n'a point fait de résistance, et je suppose que nous saurons bientôt ce qu'on peut alléguer contre lui. » Pendant que l'homme parlait, nous nous poussions dans la foule, on avait franchi la porte, puis l'escalier, et nous nous trouvions dans la salle d'audience, mais tout à fait derrière la foule. Cependant, il m'arrivait de temps à autre d'apercevoir l'évêque et d'autres ecclésiastiques assis au haut bout de la salle. On a demandé à Michel qui il était, mais il ne pouvait pas répondre intelligiblement. On répétait la question plus rudement, quand j'ai crié, « c'est un crétin, je suis son frère. » Alors on m'a fait approcher, et j'ai dit qu'il était idiot depuis sa naissance; Fabien a confirmé ce que je disais, à moitié et d'un ton bourru, en disant qu'il n'avait pas accusé Michel d'avoir brisé et renversé le crucifix, mais seulement

d'avoir jeté des pierres. J'ai crié avec indignation :
« des cailloux ! Est-ce qu'on pourrait jeter des pierres avecces mains-là ? » Et j'ai soulevé un de sespau-
vres poignets pendants. L'évêque a dit : « La volonté
était mauvaise si l'action ne l'était pas ; pourquoi
jeter même un caillou contre le saint emblème de
notre rédemption ? Cet enfant a été mal élevé. » J'ai
dit : « Monseigneur l'évêque, on lui a enseigné ses
prières dès son enfance, et il les marmotte d'une
voix inarticulée, le matin et le soir, il a un profond
respect pour les choses saintes, et s'il pouvait, il vi-
vrait constamment dans la cathédrale. »

— Bien dit, Christophe, s'écrièrent Grégoire et
Colette.

— L'évêque en a dit autant, remarqua Christophe
en passant complaisamment la main sur ses cheveux,
et après bien d'autres questions pour découvrir si
nous prêtions aux soupçons, soit comme sacriléges
nous-mêmes, soit comme accoutumés à vivre avec
des sacriléges, on a déclaré que Michel était *nom-
pus compus* ou quelque chose comme cela, et on l'a
mis en liberté, en sorte que j'ai été assez content de
m'emparer de lui et de l'emmener.

— Et qu'est devenu Bertrand? demanda Grégoire.

— A dire le vrai, répondit négligemment Christophe, comme il n'était pas aussi important pour moi que mon unique frère, je ne me suis pas troublé la cervelle à son endroit. Sans doute on le relàchera aussi, à moins qu'il ne soit réellement convaincu de quelque faute, et dans ce cas-là, il mériterait d'être puni.

— Comment pourrait-on convaincre un pareil homme de la destruction d'un crucifix ? dit Grégoire avec un peu de colère.

— Et que savez-vous de lui? dit Christophe avec surprise. L'avez-vous vu depuis que nous avons fait ensemble le voyage jusqu'au Puy?

— Oui, tous les jours. Ce n'est pas là ce dont il s'agit, mais un homme qui parle comme il fait pourrait chercher à vous convertir par ses arguments, mais ne détruirait pas la propriété du public.

— Peut-être non, dit Christophe, mais nous le connaissons si peu, du moins je le connais si peu (et je ne savais pas que vous fussiez plus avancé), que je ne suis pas prêt à prendre les armes pour sa défense. Cependant je serais bien aise de le savoir en sûreté maintenant que j'ai l'esprit en repos sur le compte de Michel, et si vous voulez rester à dîner avec nous, je suppose que nous pourrons savoir ce qu'il en est par Victor qui reviendra dîner, et qui est resté pour entendre juger l'affaire. Il demeure à deux portes de chez nous, et j'irai le chercher.

— Bien volontiers, dit Grégoire qui les avait accompagnés presque jusqu'à leur porte. Je renouvellerai avec plaisir ma connaissance avec la mère Suzanne et votre bonne tante Marceline, et je conviens que je suis curieux de savoir ce qui s'est passé entre les Consuls et Bertrand.

Marceline qui ne savait rien de ce qui était arrivé, reçut gaiement Grégoire, et regarda avec surprise les visages agités de Christophe et de Colette.

— Qu'y a-t-il donc? demanda-t-elle.

— Michel a été devant les Consuls, dit Colette fondant en larmes.

Marceline était pétrifiée, et Christophe, voyant que sa sœur était hors d'état de parler, raconta l'histoire.

Marceline essuya quelques larmes, au même mo-

6.

ment la mère Suzanne entra, les mains couvertes de
pâte, car elle était occupée à faire du pain, et il fal-
lut recommencer le récit, sans cesse interrompu par
les interjections de la bavarde vieille, qui finit par
embrasser et par caresser Michel, en lui couvrant la
figure de farine. Dans l'intervalle, Colette cherchait
à calmer son agitation en mettant la table, en arran-
geant les fourchettes et les cuillères d'argent, en
mettant devant Grégoire un vieux gobelet de ver-
meil, dont on ne se servait que dans les grandes oc-
casions, en préparant la salade et en servant la
soupe. Christophe alla chercher Victor, et revint
sans lui, en disant qu'il n'était pas rentré, sur quoi
Grégoire se mit à table d'un air désappointé, et commença son dîner avec distraction. On fit quelques
suppositions sur la personne qui avait détruit le crucifix, mais Colette gardait le silence et ses yeux se
remplissaient de larmes toutes les fois qu'elle regardait Michel qui mangeait sa soupe au lait comme si
de rien n'était, en se barbouillant horriblement pendant cette opération. Marceline qui n'avait pas eu
sujet de s'inquiéter de lui avant de le voir en sûreté
avait l'esprit assez libre pour conserver quelques

préoccupations sur le compte de Bertrand, et la mère Suzanne fut bientôt seule maîtresse de la conversation.

Christophe se leva promptement de table, pour aller chercher Victor, il sortit et ne revint pas sur-le-champ. Grégoire, l'ayant attendu quelque temps avec une impatience mal déguisée, se leva pour partir. Au moment où il écoutait la fin de la longue histoire de la mère Suzanne au sujet du gobelet d'argent, Victor entra, pâle et l'air sérieux, accompagné par Christophe.

— Ils l'ont mis sous bonne garde, dit-il à voix basse, l'interrogatoire a été long et peu satisfaisant.

Christophe lui donna une chaise, tout le monde s'assit, à l'exception de Michel qui s'endormit dans un coin.

— On lui a demandé son nom, dit Victor, il a répondu: Bertrand.

— Bertrand quoi?

— Bertrand de La Vigne.

— Mélan de la Vigne, cria quelqu'un, demandez-lui si son nom n'était pas Mélan.

Cependant on l'interrogeait sur sa profession.

— Colporteur.

— Où est votre permis?

Il le montre. Son nom y était porté comme Bertran. C'était une erreur et le *d* de la fin avait été effacé accidentellement par quelque acide.

— Etait-il sûr que son nom ne fût pas Mélan?

— Parfaitement sûr.

— N'avait-il jamais entendu prononcer le nom de Mélan en compagnie de celui de La Vigne?

— Oh! oui, il y avait un Mélan de La Vigne à Meaux.

— Etait-ce son parent?

Bertrand garda le silence. L'évêque répète sa question d'un ton d'autorité.

— Oui, Mélan était son oncle, mais il est mort.

— N'était-il pas hérétique?

— Non.

— Qu'était-il?

— Libraire.

— Les libraires ne sont jamais hérétiques naturellement, dit quelqu'un à part.

Et quelques personnes se sont mises à rire,

mais l'évêque a froncé les sourcils et les a fait taire.

— Depuis combien de temps Bertrand était-il colporteur ?

— Depuis un an environ.

— Son permis était plus ancien que cela.

— Oui, mais il ne s'en était pas servi.

— Où était-il auparavant? A Meaux

— Non, pas à Meaux.

— Où donc ?

— A Paris?

— Que faisait-il ?

— Il était imprimeur.

— Depuis combien de temps ?

— Depuis plusieurs années.

— Combien d'années ?

— Cinq ans.

— Ce n'était qu'une bien petite partie de sa vie. Quel âge avait-il?

— Quarante ans.

— Où était-il né?

— A Paris.

— Comment s'appelait-il?

— Bertrand de La Vigne.

— Il avait déjà dit cela ? dit Marceline.

— Oui, mais c'était un piége. On espérait qu'il dirait Mélan.

— Quel était le nom de ses parents ?

— Bertrand et Désirée de La Vigne.

— Combien avait-il d'oncles ?

— Point du tout.

— Point du tout ?

— Il avait eu un oncle, Mélan, mais il était mort.

— Que faisait son père ?

— Il était imprimeur.

— Avait-il travaillé avec son père ?

— Oui.

— Sont-ce les cinq années dont il avait parlé ?

— Non, c'était depuis qu'il était arrivé à l'âge d'homme.

— Combien avait-il de frères et de sœurs ?

— Il avait eu deux frères et deux sœurs, mais l'un de ses frères était mort enfant, et ses deux sœurs étaient mortes jeunes.

— Comment s'appelaient ses frères ?

— Antoine et Mélan.

— Hum ! Lequel des deux était mort ?

— Antoine.

— Où était Mélan ?

— Il n'en savait rien.

— Etait-il vivant ?

— Il n'en savait rien.

— Etait-ce un hérétique?

— Il n'en savait rien.

— Qu'est-ce qu'il était ?

— Il ne pouvait rien affirmer.

— Qu'est-ce qu'il avait été?

— Un excellent homme.

— Quelle avait été sa manière de vivre?

— Celle d'un saint.

— Mais quelles étaient ses occupations ou sa vocation ?

— De faire du bien.

— Comment ?

— En enseignant.

— En enseignant quoi ?

— La volonté de Dieu.

— Etait-il prêtre ?

— Il avait dû l'être.

— Mais il n'avait jamais reçu les ordres sacrés?

— Non.

— En fait, c'était un hérétique ?

— Non.

— Quoi donc alors ?

— Un aussi bon chrétien qu'il y en eut jamais.

— N'avait-il jamais été appelé hérétique ?

— Cela ne prouverait rien, si lui, Bertrand, avait la fantaisie d'appeler hérétique l'un des respectables Consuls, cela ne prouverait rien non plus.

Là-dessus, les Consuls ont fait le signe de la croix avec une sainte horreur,

— Que faisait-il au Puy ?

— Il vendait des mouchoirs, des rubans et autres choses du même genre.

— Quoi d'autre ?

— Il allait de maison en maison.

— Quoi d'autre ?

— Il mangeait ce qu'on lui servait.

— C'est bien fait ! s'écria mère Suzanne, je m'étonne de la patience de cet homme quand on le tourmentait de cette façon.

— Oh! ils ont continué comme cela pendant deux heures au moins, en un mot jusqu'à ce que l'arrestation d'une autre personne leur donnât quelque chose à faire. Ils lui ont redemandé son nom plusieurs fois, pour venir à bout de lui faire dire qu'il s'appelait Mélan. Ils ont tâché de découvrir s'il avait pris part à la destruction du crucifix, mais là je suis venu à son aide, car le coup avait été indubitablement fait dans la nuit, et j'ai affirmé sous serment que nous avions passé toute la nuit dans la même chambre.

— C'est dommage tout de même que vous ayez été mêlé là-dedans, dit la mère Suzanne.

— Point du tout, dit Victor, c'était évidemment mon devoir.

— Il a eu bien raison, dirent Christophe et Grégoire d'un ton décidé.

— Bien raison, répétèrent Marceline et Colette.

— Alors on m'a interrogé, continua Victor, mais je les ai bientôt satisfaits, surtout quand j'ai dit en regardant l'évêque du coin de l'œil : Monseigneur me connaît bien.

— Allons donc, comment vous connaît-t-il ? demanda Marceline.

— Peu importe, pour le moment, dit Victor, cela

7

suffit. L'évêque a dit brièvement qu'il me connaissait pour un honnête et simple garçon, et on a cessé de m'interroger, cela a eu même quelque poids en faveur de Bertrand, car ils ont dit : Nous avons suffisamment examiné cette affaire pour le moment, il y a beaucoup d'autres affaires à expédier, qu'on fasse reparaître cet homme demain.

— Quelle honte ! dit Marceline. Pourquoi ne l'ont-ils pas acquitté ? C'est ce qu'ils auraient dû faire.

— Devoir et faire sont deux choses, dit Victor. Ainsi on l'a emmené sous bonne garde. Pour mon compte, je crois qu'après tout c'est Mélan de la Vigne.

CHAPITRE VIII

L'ÉTRANGÈRE MYSTÉRIEUSE

— Non, ce n'est pas Mélan, dit Grégoire brusquement.

— Qu'en savez-vous ? demanda Victor avec surprise.

— Parce que j'ai vu Mélan. Mais peu importe. Vous pouvez croire tout ce qu'a dit cet homme : il ne dit que la vérité.

— J'en suis convaincu, quelque nouvelle que soit notre connaissance. Un homme, qui prie et qui parle comme il le fait, doit avoir la crainte de Dieu devant les yeux.

— Je suis bien aise de vous entendre parler ainsi, dit Grégoire en lui tendant amicalement la main.

Sûrement nous pensons tous ici de même sur son compte.

— Je le crois, dit Christophe en regardant sa grand'mère d'un air de doute.

— Oh! c'est un brave homme, dit la mère Suzanne, et je suis fâchée qu'il soit en prison.

— Alors, demandons à Dieu sa délivrance, dit Grégoire. Quand saint Pierre était en prison, l'Église priait pour lui, sans relâche, et nous savons avec quel succès. Prions.

Il s'agenouilla avec respect, tous ses compagnons l'imitèrent, en dépit d'un peu d'étonnement de la mère Suzanne, et le bon fermier prononça une courte mais fervente prière. Lorsqu'ils se relevèrent, Grégoire pressa de nouveau la main de Victor, et lui parla un moment à demi-voix ainsi qu'à Christophe; tous deux répondirent affirmativement, et, prenant son bonnet, Grégoire dit adieu aux trois femmes et s'en alla. Les deux jeunes gens causèrent un moment auprès de la fenêtre, puis retournèrent à leur ouvrage, laissant la mère Suzanne, Marceline et Colette un peu mystifiées par tout ce qui s'était passé depuis quelques minutes.

— Et pendant tout ce temps, il n'y a pas une goutte d'eau dans la maison, dit la mère Suzanne, dont le tour d'esprit était éminemment pratique.

Marceline, qui allait parler, se tourna instinctivement du côté de la grande cruche qu'elle avait coutume d'aller remplir à la fontaine, et elle la soulevait d'un air de fatigue lorsque Colette la prit gaiement et se hâta de sortir.

Lorsqu'elle revint avec son fardeau, au bout d'une demi-heure environ, Marceline lui prit la cruche des mains, et la remercia tendrement de lui avoir évité une si pénible besogne.

— Oh ! j'ai été récompensée, dit Colette en riant, il y a toujours tant de commérages qui circulent entre les femmes qui viennent chercher de l'eau !

— Tu peux bien le dire, mon enfant, s'écria la mère Suzanne. Il y a assez de mariages faits et défaits, assez de noms honorables maltraités, et assez de mensonges mis en circulation par toutes ces bavardes. Eh bien ? qu'est-ce qu'elles disaient aujourd'hui ? Des choses sur lesquelles elles auraient mieux fait de se taire, j'en réponds.

— Eh bien, grand'mère, elles parlaient surtout de

cette affaire du crucifix, il y avait des femmes dont les frères ou les pères avaient été interrogés et arrêtés, en sorte qu'elles étaient très-indignées, et un peu effrayées. Il y en avaient quelques-unes qui se taisaient et qui écoutaient tout d'un air qui semblait dire qu'elles n'étaient pas d'accord avec les autres. Mais savez-vous, grand'mère? On dit que le Terrible Baron va venir attaquer le Puy ?

— Attaquer le Puy ! s'écria la mère Suzanne avec un ineffable dédain. Qu'il vienne essayer seulement ! Il se cassera un peu les dents sur nos murs de pierre. Mais les femmes le repousseront avec leurs balais !

— Ah ! ne parlez pas ainsi, ma mère, je vous en prie, dit Marceline, s'il y a quelque chose qui me rende superstitieuse, c'est d'entendre des vanteries ! Il en arrive toujours du mal.

Et soupirant tristement, elle prit de l'eau dans la cruche qu'avait apportée Colette, et se mit à laver les six cuillers et les six fourchettes d'argent.

— Michel a mordu sa cuiller, dit-elle, il faudra lui en donner une en plomb.

— Il ferait un trou dans une cuiller en plomb, dit

la mère Suzanne, mais j'ai quelque part une bonne cuiller en os, qui fera parfaitement son affaire, si je puis la trouver. Je vais me mettre à la chercher.

Christophe ne revint pas souper à l'heure accoutumée. Les jours étaient courts, Colette sortit pour voir s'il venait, et crut le reconnaître dans l'obscurité, mais elle vit bientôt que c'était Fabien.

— Quoi, Fabien ? dit-elle avec indignation, je m'étonne que vous n'ayez pas honte de montrer votre visage chez nous ?

— Ne soyez pas fâchée contre moi, dit Fabien, vous savez bien que je n'avais pas de mauvaises intentions. Qui eût pu croire qu'on allait arrêter un crétin ?

— C'était fort mal à vous de raconter des histoires, répliqua Colette, et je ne puis pas vous pardonner. Vous savez bien qu'il jetait des petits cailloux au hasard, et qu'il n'aurait pas pu frapper le crucifix, sa vie en eût-elle dépendu !

— Naturellement, je le savais, dit Fabien humblement, et je croyais qu'ils le sauraient comme moi, je ne l'avais nommé que pour distraire leur attention. En un mot, je ne sais pas comment son nom est sorti de ma bouche. Vous savez bien, Colette, que je ne voudrais pas faire de mal à quoi que ce fût qui *vous* appartînt.

— Allons, j'espère que vous ne nous jouérez plus jamais un aussi mauvais tour, dit-elle en s'adoucissant un peu. *Si j'avais su,* est une pauvre compensation quand le mal est fait.

— Gabrielle voudrait que vous vinssiez souper avec nous, dit Fabien. Voulez-vous ?

— Pas ce soir, merci bien. Je m'étonne que Christophe ne soit pas rentré.

— Oh ! je puis vous dire où il est, son ami Souvestre et lui sont chez nous. Mon père tient une réunion de prières ou quelque chose de ce genre, en sorte qu'on n'avait pas besoin de moi et j'ai pensé que puisqu'ils étaient là-bas, je pourrais bien venir ici ; échange n'est pas volerie, vous savez, dit Fabien en riant avec embarras, et je vous ai apporté des châtaignes.

— Merci bien, dit Colette avec indifférence, pendant qu'il vidait ses poches ; je n'ai pas un goût particulier pour les châtaignes.

— Allons donc ! pourquoi disiez-vous alors que

celles que Souvestre vous faisait rôtir étaient les meilleures que vous eussiez mangées de votre vie?

— Oh! Fabien, comme si vous ne pouviez avoir qu'une idée à vous deux ! Elles pouvaient être ce qu'il y avait de meilleur en fait de châtaignes, sans être bien bonnes, après tout. D'ailleurs, la variété est agréable.

— Ma fille, ma fille, ne brusque pas ainsi ce pauvre garçon, cria la mère Suzanne. Je n'aime pas à entendre les jeunes gens et les jeunes filles se dire des duretés.

— Voyons donc, dit Fabien, ravi de se voir un allié, et s'asseyant devant le feu, à la place de Victor et dans la même posture. Si j'avais su que vous préfériez les pommes, j'aurais apporté des pommes, ou si j'avais su que vous préfériez les poires, j'aurais apporté des poires; mais je croyais que vous aimiez les châtaignes; c'est pourquoi j'ai apporté des châtaignes.

— Ce garçon ne peut pas mieux dire, dit la mère Suzanne en faisant tourner la laine de son fuseau. Allons, Colette, sers le souper, puisque nous ne devons pas attendre Christophe. Marceline, qu'est-ce

7.

que tu lis là? Tu te crèves les yeux, mon enfant.
Est-ce une montagnarde?

— Non, dit Marceline en sortant de ses réflexions;
c'est le traité que Bertrand m'a donné. Il est fort
intéressant.

— Ah! Bertrand a fait son affaire cette fois, dit
Fabien. On le tient par la patte, maintenant, et ils ne
sont pas pressés de le laisser aller, à ce que je crois.

— Pourquoi? dit Marceline; il n'a rien avoué.

— Je ne savais pas qu'il eût quelque chose à
avouer, dit Colette. Vous savez bien qu'il ne peut
pas avoir brisé la croix.

— Vous croyez ça! vous croyez ça! répéta Fabien
d'une voix monotone et agaçante; s'il ne l'a pas
brisée, il sait qui l'a brisée.

— Qu'en savez-vous?

— J'en suis sûr.

— Vous parlez comme un oracle, dit Colette avec
impatience. Si vous savez tant de choses, vous ferez
bien de prendre garde à ce que votre tour d'être
arrêté ne vienne pas ensuite.

— Oh! mon père court plus de dangers que moi;
je ne m'inquiète pas de ces choses-là.

Après cela la conversation devint languissante, et Fabien, désappointé, se demandait pourquoi il ne pouvait pas mettre les gens en train et en gaîté comme Victor. Il se dit que c'était leur faute, et qu'ils étaient décidés à être stupides et difficiles à satisfaire, ce qui lui donnait de l'humeur. Mais il ne voyait cependant pas de raison pour ne pas attendre le retour de Christophe, et il tenait là les trois femmes, racontant par ci par là une histoire en omettant le trait, cherchant à faire la cour à Colette, et parfois gardant le silence, en dépit des deux ou trois bâillements que sa contrariante maîtresse ne prenait guère la peine de cacher. Enfin, la mère Suzanne, entendant l'horloge de la cathédrale sonner une heure plus avancée que celle à laquelle elle avait coutume de s'endormir, dit :

— Vraiment, mon brave garçon, je crois que vous feriez mieux de rentrer chez vous, et de dire à Christophe que nous l'attendons.

Fabien ainsi renvoyé par la seule personne à laquelle il fût redevable de quelque cordialité, prit son bonnet et s'en alla, après une vaine tentative pour persuader à Colette de venir admirer les étoiles

auprès du parapet. Elle dit qu'elle savait bien qu'il
ne s'en souciait guère, et qu'elle ne s'en souciait
pas plus que lui. Comme il n'avait rien à répondre
là-dessus, il reprit le chemin du logis sans faire
aucune observation astronomique.

Christophe reparut bientôt après. Il était rouge et
animé, mais il répondit brièvement aux questions
qu'on lui fit. Il dit que Grégoire avait plusieurs personnes à souper, des gens excellents, des gens sérieux, qui avaient causé d'une manière très-utile,
mais qu'il avait trop envie de dormir pour répéter ce
qu'ils avaient dit, et qu'il ne savait pas leurs noms.

Le lendemain matin Colette alla au marché, laissant Michel aux soins de Marceline, qui faisait de la
dentelle devant la porte, tandis qu'il était couché au
soleil, moitié dormant, moitié éveillé. Sur un tabou-
ret, à côté d'elle, se trouvait le petit traité que Bertrand lui avait donné, ouvert de manière à lui permettre d'en lire une phrase, et puis d'y réfléchir. Tout
en travaillant elle ne perdait pas Michel de vue ; elle
s'occupait de lui, de son livre et de sa dentelle ; mais
les trois choses l'occupaient si complètement qu'elle
ne voyait rien de ce qui se passait.

Tout d'un coup l'ombre d'un homme se détacha sur la porte, et la personne d'un homme s'interposa entre elle et le soleil.

— Qu'est-ce que c'est que ce livre? dit l'homme.

— Un bon livre, dit-elle un peu troublée.

Et le curieux étendit le bras devant elle et prit le livre.

— C'est un bon livre, oui, oui, je vois, dit-il en regardant le titre. Pouvez-vous me dire où j'en trouverais un tout semblable?

— Non, je n'en sais rien.

— Vous l'avez acheté à votre porte, je suppose?

— Non, on me l'a donné.

— Qui donc?

— Qui? Vraiment je ne sais pas qui vous êtes pour me faire tant de questions, dit Marceline vivement, et je ne sais pas pourquoi j'y répondrais. Rendez-moi ce livre; il est à moi et non à vous!

Et elle le lui prit des mains.

— Vous ne l'avez donc pas acheté?

— Certainement non.

— Bah!

Et le curieux étranger s'éloigna.

Lorsque Christophe revint pour dîner il était de nouveau en retard, et il dit qu'il avait été occupé à recueillir les détails de l'interrogatoire de Bertrand. Il avait roulé sur ses occupations au Puy, et la nature de ses visites de maison en maison. On avait cherché à prouver qu'il vendait des livres défendus; mais il ne voulait pas s'incriminer, et on ne put trouver personne qui voulût avouer qu'il lui eût vendu un livre. On avait remis son affaire à un autre jour.

La petite famille commençait à prendre vivement intérêt à la situation de cet homme, et à faire cause commune avec lui. Marceline, encore un peu excitée, raconta son aventure du matin, et Christophe déclara qu'elle était bien heureuse d'avoir pu déjouer son visiteur, et de n'avoir pas été menée devant les Consuls. La mère Suzanne prit un air grave, en disant :

— Peut-être cela viendra-t-il. Ce qui troubla fort Marceline.

Christophe dit :

— Donnez-moi ce livre, ma tante.

Et il s'assit et se mit à le lire d'un bout à l'autre, au lieu de retourner à son ouvrage. Au moment où il arrivait au dernier mot, il fut très-étonné de voir sa grand'mère lui prendre le livre avec une paire de pincettes, et le fourrer dans l'endroit le plus ardent du feu.

— Oh ! pourquoi cela ? demanda vivement Marceline.

— Pour que ce livre brûle à ta place, dit la mère Suzanne d'un ton d'oracle ; et maintenant, mon garçon, retourne à ton ouvrage.

CHAPITRE IX

Colette venait d'entendre Michel murmurer les sons inarticulés qu'elle appelait tendrement ses prières, et elle l'avait remis à sa grand'mère, qui aimait tout particulièrement à prendre soin de lui, lorsque Christophe entra en disant :

— Viens, Colette; descendons jusque chez Grégoire pour souper, on nous attend; je l'ai promis.

Colette consentit volontiers, et, un moment après, ils descendaient en courant les rues escarpées pour se mêler bientôt au mouvement de la ville basse, où régnait une profonde obscurité, excepté lorsqu'une torche éclairait la façade d'une maison riche, ou qu'on apercevait une lampe à la fenêtre d'un pauvre homme.

Dans ce temps-là les coquins et les voleurs avaient toutes sortes d'avantages, et les vols et les meurtres commis dans les rues n'étaient pas rares. Au moment où Christophe et Colette tournaient une rue escarpée pour entrer dans une allée sombre, ils entendirent un cri de femme, et, un moment 'après, une personne enveloppée dans un grand manteau s'élança en tremblant vers Colette et lui prit le bras, se sentant poursuivie par deux ou trois misérables.

Christophe dit brusquement :

— Qu'est-ce qui se passe par là ?

Et quelqu'un sortant avec une lanterne de la maison devant laquelle ils passaient, la lueur tomba sur les assaillants, qui s'éloignèrent en criant et en jurant.

La femme au manteau dit timidement à Colette :

— Permettez-moi de rester près de vous, je ne vais pas loin.

— Bien volontiers, dit Colette, qui se figurait, sans savoir pourquoi, que l'étrangère était d'un rang supérieur au sien. Elles ne marchaient pas ensemble ; mais la nouvelle venue les suivait par derrière ; et Colette en se retournant vit qu'un jeune garçon l'avait rejointe.

— Maintenant, Colette, dit Christophe à voix basse, tu ne t'étonneras pas de ce que tu pourras voir ou entendre ce soir, et tu n'en parleras ensuite à personne. Nous sommes ici sur l'honneur.

— Qu'est-ce que tu veux dire? demanda-t-elle avec étonnement.

— Chut! dit-il, nous y voilà. Puis se tournant vers la femme qui s'était mise sous leur protection :

— Je suis bien aise, dit-il, que vous ayez quelqu'un pour prendre soin de vous, car nous nous séparons ici.

— Non, dit l'étrangère d'une voix douce et mélodieuse; j'entre aussi.

Christophe jeta vivement sur elle un regard qui allait de la tête aux pieds; elle était soigneusement enveloppée, et son capuchon cachait son visage; mais lorsqu'elle fit un pas en avant vers la lumière, Colette aperçut un instant à son oreille le scintillement d'une pierre précieuse, rouge et brillante comme un rubis. C'était en effet un rubis, et elle avait probablement oublié d'ôter ses boucles d'oreilles en revêtant son déguisement.

Christophe ne dit pas un mot; mais il traversa un

corridor long et étroit, et ouvrit la porte de la cuisine, occupée par Grégoire et sa famille. La maison dont il louait le rez-de-chaussée était située dans un quartier encombré et malsain, et Colette fut frappée du contraste avec l'habitation bien aérée de sa grand'mère. Ce fut la pensée d'un moment; mais la minute d'après, à sa grande surprise, elle se trouvait dans une chambre éclairée par la lumière jaunâtre de deux lampes grossières, et remplie de gens agenouillés. Un homme priait tout haut. Elle tressaillit; mais au même instant la main qui couvrait les yeux ardents de Victor Souvestre s'écarta, et il lui fit silencieusement une place pour s'agenouiller auprès de lui. Elle obéit; le cœur lui battait trop fort pour qu'elle pût, au premier abord, prendre part au service autrement que par son attitude; lorsqu'elle eut retrouvé un peu de sang-froid, elle regarda autour d'elle, à la dérobée, pour se faire une idée de la compagnie où elle se trouvait. L'homme qui priait avait l'air d'avoir vécu toute sa vie d'eau et de cresson; il était arrivé au dernier degré de l'amaigrissement et de la faiblesse, ses yeux noirs étaient enfoncés, sa peau ressemblait à du parchemin, et sa voix allait

au cœur. Il priait avec ferveur pour la délivrance de
Bertrand, et puis son intercession se dirigea vers le
bonheur de l'église du Christ, persécutée sur la terre.
Les regards furtifs de Colette ne rencontraient que
des têtes baissées et des visages cachés; mais lorsqu'elle jeta un coup-d'œil à côté d'elle, pensant y
trouver son frère, elle vit, non Christophe, mais la
jeune personne au manteau. L'atmosphère de la
chambre était étouffante pour ceux qui venaient du
dehors, et l'étrangère détachait silencieusement son
manteau.

— Vous vous trouvez mal, murmura Colette.

—Un peu, répliqua l'autre tout aussi bas ; mais
j'irai mieux dans un moment; n'y faites pas attention.

Et tout en répondant elle tournait vers Colette un
des plus charmants visages qu'on pût imaginer. Cette
figure ravissante était colorée des plus pures nuances
de la rose et du lis, remplie d'expression et de sen-
sibilité, avec cet air d'élégance impossible à décrire,
qui ne se rencontre guère que chez ceux qui unissent
une noble naissance à une éducation soignée. Colette,
confuse, regarda de nouveau; mais la tête était
baissée, et toute la personne immobile. A la fin de la

prière, tout le monde dit : Amen ! bien bas, mais avec une telle ferveur que le cœur de Colette en fût pénétré. On se levait pour reprendre place sur les bancs rangés contre le mur, lorsque Grégoire s'écria vivement :

— Bertrand !

Bertrand lui-même se trouvait en effet au milieu d'eux. Une douzaine de mains se tendirent aussitôt pour presser la sienne, ou pour lui toucher l'épaule ; la réponse à la prière semblait si merveilleuse que les femmes pleuraient, tandis que les hommes sentaient leur cœur brûler dans leur sein. Colette et Christophe, non plus que Victor, ne prirent aucune part à cette démonstration de joie. Tout en s'intéressant à Bertrand, il était évidemment mieux connu et de beaucoup plus grande importance pour les autres que pour eux. Les hommes en se pressant autour de lui, le dérobèrent un instant à la vue de Colette qui, jetant un regard autour d'elle, aperçut Fabien qui échangeait à la dérobée un sourire moqueur avec un homme qu'elle connaissait de vue, Jacques Guitard. Cela n'ajouta pas à la bonne opinion qu'elle avait de Fabien, car Jacques était un riche marchand dont la mère Suzanne parlait mal toutes les fois qu'elle prononçait son nom, et que Marceline avait autrefois refusé.

L'impression générale semblait être que la prière devait être suivie d'actions de grâces. L'expression de la gratitude fut courte, mais fervente. Le chef de la réunion fit alors une tentative pour entonner un cantique ; mais Grégoire intervint en disant :

— Ce n'est pas sûr ! ce n'est pas sûr !

Et quelques autres personnes répétèrent les mêmes paroles.

Le prédicateur jeta les yeux autour de lui ; il n'avait pas l'air disposé à céder, et il commença même à lire un des psaumes de Marot et à donner le ton ; mais une grêle de pierres contre l'un des volets de bois fit taire les chanteurs, et Victor, qui était sorti de la chambre sans qu'on s'en aperçût, rentra et dit quelques mots d'avertissement à Grégoire, qui reprit tout haut :

— Mes amis, on nous surveille, et nous pourrions être molestés ; il vaut mieux que vous vous dispersiez par la porte de derrière.

Quelque confusion suivit ces paroles ; les uns voulaient braver le danger, d'autres l'attendre; mais comme personne n'avait évidemment le droit de compromettre l'hôte du jour, si cela ne lui convenait pas, la réunion fut dissoute un peu brusquement, et on s'écoula par petits groupes, en sortant par la porte de derrière. Colette, Christophe et Victor se trouvaient parmi les derniers.

— Où est Bertrand? dit Christophe, en se retournant. Est-ce qu'il ne revient pas avec nous?

— Chut, dit Victor, il reste en arrière pour causer avec Grégoire et avec le ministre, je n'en suis pas fâché, les rues sont agitées ce soir, et nous ne serons pas trop de deux pour prendre soin de votre sœur.

En parlant ainsi, il offrit le bras à Colette, qui l'accepta timidement, bien que son frère fût tout près d'elle de l'autre côté.

— Cette jeune fille en manteau est toujours derrière nous, murmura Christophe à l'oreille de Colette.

— Tant mieux, je suis bien aise qu'elle sente qu'elle peut se fier à nous, repartit Colette sur le même ton. C'est une grande dame, je crois, et, Christophe, elle est si jolie!

— Vraiment! dit Christophe, en regardant vive-

ment par dessus son épaule, mais elle est si empa-
quetée, qu'on ne voit rien, si ce n'est un petit morceau de verre rouge qui brille.

Chut! je crois que c'est un vrai rubis!

— Allons donc, un vrai rubis! Qu'est-ce qui pourrait amener une grande dame dans la maison de
Grégoire?

— L'amour de Dieu! dit brusquement Victor. Pour
mon compte, dit-il bien bas à Colette, je ne demande
pas de plus joli visage que celui qui est près de moi.

La timidité de Colette s'accrut de cette déclaration,
et elle aurait bien voulu retirer sa main, mais il la
tenait ferme.

— Je voudrais que la lune se montrât un petit peu,
dit Christophe. Voilà que je marche proprement dans
le ruisseau.

— Eh bien! sortez-en proprement si vous pouvez,
dit Victor en riant.

— Ah! vous avez bien de l'esprit! mais je crois
que je ferais mieux de marcher derrière vous, il n'y
a pas la place de passer trois de front.

— C'est bien ce qu'il y a de mieux à faire, dit
Victor, c'est vous qui avez eu de l'esprit de trouver

cela. Voilà de la lumière. Allons, quelle diablerie fait-on là ?

En entrant dans l'une des principales rues qu'ils étaient obligés de traverser, ils se trouvèrent au milieu du bruit, du tumulte et d'un torrent de lumière. On avait élevé un autel fictif entouré de cierges, et on y avait placé une poupée noire destinée à représenter Notre Dame du Puy ; des hommes de la plus infime populace s'en étaient constitués les prêtres et hurlaient un cantique infiniment plus profane que dévôt, tout en secouant une tire-lire, pour prélever des contributions sur tous les passants.

— Il vaut mieux retourner, dit vivement Victor en serrant Colette plus près de lui tout en parlant : mais au même instant, elle fut violemment saisie par le bras, par un des quêteurs, qui la tirait en avant pour rendre hommage à la statue et pour payer le tribut.

— Prenez cela ! dit Victor, en le frappant avec indignation du poing au visage. Puis passant son bras autour de Colette il la tira, à force d'énergie et de présence d'esprit, de cette foule furieuse, et l'emporta, hors d'haleine et effrayée, dans une allée qui

8

traversait la rue ; une fois dans cette obscurité comparative, ils se trouvèrent bientôt en sûreté.

Christophe avait été sur le point de les suivre, lorsqu'un cri étouffé le fit retourner pour voler au secours de la jeune personne qui marchait derrière lui. Quelqu'un avait aperçu ses boucles d'oreilles et avait avancé la main pour les prendre. Son jeune serviteur avait levé le bras pour la défendre, mais il eût bientôt été terrassé, si Christophe, se mettant devant elle, ne s'était constitué son champion.

— Payez le tribut à Notre Dame! criait le porteur de la tire-lire, en lui mettant sa boîte sous le nez.

— Hélas! je n'ai pas d'argent, dit-elle, avec précipitation. Claude, en avez-vous?

— Non, mademoiselle, pas un sou, murmura le jeune garçon. Quelle mauvaise chance!

— Attendez, j'ai quelques sous, dit Christophe, quoique ce soit un misérable voleur. Non, on m'a tout pris!

— Des hérétiques! des hérétiques! crièrent plusieurs voix grossières, et d'autres répétaient le même cri.

— Ceci suffira, dit un homme, en avançant la main vers la boucle d'oreille.

Elle poussa instinctivement un cri, on lui faisait mal en tirant le joyau, et Christophe s'écriant : Misérable ! repoussa brusquement l'assaillant.

— Ne le frappez pas, s'écria la dame éperdue, attendez, j'ai une bague !

— On pourrait vous reconnaître par ce moyen, madame, murmura Christophe, et peut-être en seriez-vous fâchée.

— Reconnue ? oh non ! et elle remit promptement son gant.

— Cette main blanche appartient à une dame, dit son persécuteur, allons, votre bague, votre bague !

— Nous pouvons encore tâcher de passer au travers de la foule, dit tout bas Christophe. Pouvez-vous vous fier à moi ?

— Oui, oui !

— Alors, marchons ! et il allait s'élancer au travers de la foule avec elle, lorsqu'en le pressant, en le poussant, on le retint par le collet. Furieux, il jeta un bras autour de sa compagne, et se préparait à faire avec l'autre une défense désespérée, lorsque le galop des chevaux se fit entendre sur le pavé de lave, accompagné des cris du peuple : —l'Évêque, l'Évêque !

La jeune fille se mit à trembler si violemment que Christophe craignait de la voir tomber à terre.

— Ne me laissez pas voir, murmura-t-elle.

— On ne peut pas vous voir, répartit Christophe, votre visage est complètement caché, et il la tira en arrière, afin qu'elle pût s'appuyer contre le mur d'une maison. C'était une de ces vieilles boutiques aux arcades de pierre en guise de fenêtres qu'on voit encore au Puy, surtout dans la rue Panessac.

Cependant l'évêque et sa suite avançaient et, au moment où la lueur des torches vint à l'éclairer, ils virent distinctement le Prélat sans qu'on pût les voir.

L'Évêque était dans la fleur de l'âge, et son visage ressemblait à celui d'un ange, tant il exprimait de douceur et d'intelligence, lorsqu'un sentiment d'intolérance ou de hauteur ne venait pas en ternir la beauté. Ses grands yeux bleus brillaient sous un front blanc comme du marbre et digne de l'art d'un sculpteur grec, il avait le nez droit, la bouche et le menton admirablement dessinés et un teint de lis et de roses, disent les vieux chroniqueurs.

Cet Adonis ecclésiastique, car c'est ainsi qu'on le

représente dans l'histoire, montait une mule richement caparaçonnée qu'il guidait en guerrier plutôt qu'en prêtre, et il causait gaiement avec un jeune homme d'apparence martiale, aussi brun qu'il était lui même blond, et qui se trouvait à cheval à côté de lui. Les serviteurs des deux seigneurs, confondus ensemble, avec leurs plumes, les franges d'or de leurs habits et le retentissement de leurs éperons, formaient un étrange contraste avec la populace déjà assemblée en foule et encombraient presque la petite rue.

— Quelles mômeries fait-on là? dit l'Évêque en regardant l'autel prétendu avec un froncement de sourcils. Je déteste tous ces amusements profanes, et je m'enquerrai des auteurs pour y mettre ordre.

Il s'adressait à son noble compagnon, mais il parlait haut, et d'un ton d'autorité et de mécontentement à l'adresse de tout le monde. Le silence se rétablit, l'un des quêteurs qui se préparait audacieusement à demander une contribution à l'Évêque, se déroba au milieu de la foule, et dès que la suite de l'Évêque eût disparu, la populace commença à se disperser.

— Voilà le moment, dit Christophe à sa compagne

8.

avant que la rue fut déserte, et il lui fit traverser la foule pour la mener ensuite dans une allée comparativement tranquille.

— Comment pourrais-je vous remercier, brave jeune homme? dit-elle avec reconnaissance, vous m'avez tirée d'une situation extrêmement périlleuse, où je m'étais placée par ma propre imprudence; voulez-vous accepter cette bague qu'on a été sur le point de me voler?

— Je ne demande aucune récompense, dit Christophe, en repoussant doucement l'anneau. Ne puis-je pas vous reconduire chez vous? les rues ne sont pas sûres encore.

— Je n'ai presque plus rien à craindre, et je n'ai pas envie, comme vous pouvez le supposer, d'être reconnue, et cependant, je vous dois tant déjà, pourquoi ne pas me fier complètement à vous?

— Vous le pouvez.

— Peut-être un jour, pourrais-je vous être utile, ainsi qu'à votre... était-ce votre femme ou votre sœur?

— Ma sœur.

— Qu'est-ce qu'elle fait?

— De la dentelle.

— Ah ! Et peut-on se fier à elle ?

— J'en réponds.

— Dites-moi son nom et son adresse.

Il donna l'un et l'autre.

— Merci. Maintenant faites-moi seulement traverser la place, et puis je vous dirai adieu.

Il obéit avec surprise et en silence. La lune brillait alors dans tout son éclat au dessus de leurs têtes, et lorsqu'elle se retourna pour lui dire adieu, il vit distinctement son visage, elle s'en aperçut.

— Vous me reconnaîtrez, maintenant, dit-elle d'une voix un peu tremblante, en tous cas, n'est-ce pas, vous ne me trahirez pas ?

— Jamais.

— Merci, de tout mon cœur, adieu.

Et elle disparut, suivie par son page.

Il eut un moment envie, bien envie de la suivre, mais après une minute de réflexion, il résolut de n'en rien faire, et tournant sur ses talons, il reprit à grands pas le chemin du logis, en pensant à tout ce qui était arrivé.

CHAPITRE X

FRÈRE ET SOEUR

Cependant, Madeleine de Saint-Nectaire, car c'était son nom, poursuivit sa route sans difficulté jusqu'au moment où son page, passant devant elle, ouvrit une petite poterne qui lui donnait accès dans un cloître qui longeait les offices derrière le palais de l'Évêque, et dans une maison contigüe mais indépendante. L'odeur de la viande rôtie et des fourneaux, le son de voix nombreuses mais éloignées frappaient les sens, mais le passage que suivait la jeune fille n'avait d'autre entrée que celle dont le page s'était déjà assuré, et Madeleine, montant tranquillement un étroit escalier, ouvrit une petite porte couverte de tapisserie qui donnait dans sa chambre à coucher.

La pièce était grande et élevée avec un ou deux recoins profonds, la cheminée de bois de chêne sculpté rejoignait le plafond au centre duquel était peinte une Sainte Famille dans le style du moyen-âge. Un feu de bois brûlait dans le foyer ; à côté de la cheminée se dressait un énorme fauteuil sculpté qui ne pouvait offrir d'autre repos que celui des coussins qui le garnissaient. Un lit, surmonté d'un dais drapé de velours vert et doublé de soie d'un rose pâle, occupait le milieu de la chambre, sa courtepointe d'une blancheur éclatante, et ses oreillers garnis de dentelles en faisaient un lieu propre au repos d'une jeune beauté. La toilette et le miroir, garnis d'une fine dentelle, étaient placés sur une petite estrade de deux marches qui occupait l'enfoncement de l'une des fenêtres; une lampe, suspendue au plafond, éclairait une petite table couverte d'un tapis rouge chargé de livres et d'une cassette incrustée de bronze.

Madeleine, toute haletante encore, s'assit dans le fauteuil auprès du feu, puis reprenant haleine, elle ôta son gros manteau, sa robe de laine grossière, les cacha, enfila un peignoir blanc, entr'ouvrit la porte

de sa chambre et regarda dans l'antichambre; elle
eut la satisfaction de n'y voir qu'une vieille femme
qui dormait auprès du feu, car elle avait permis à
ses deux femmes de chambre d'aller à la noce d'une
de leurs compagnes, et elle était bien sûre que la
vieille nourrice, qui la croyait au lit par suite d'un
mal de tête, n'avait rien vu qui pût éveiller ses soupçons. Elle referma donc sa porte, ranima le feu, et se
préparait à méditer et à recueillir ses pensées éparses, lorsqu'un coup à la porte secrète la fit tressaillir
comme une criminelle.

C'était Claude, le page, qui apportait du vin et
des gâteaux sur un petit plateau.

— J'ai pensé que mademoiselle devait avoir besoin
de rafraîchissements, dit-il à voix basse, en la regardant d'un air de respect et d'affection.

— Merci, merci! je n'y avais pas pensé, mais cela
me fera du bien. Et maintenant allez souper, et cou-
chez-vous le plus vite que vous pourrez, je sais que
je puis me fier à vous.

— Oui, mademoiselle, mais quel terrible risque
vous avez couru ce soir !

— Je serai plus prudente à l'avenir. Mélanie et Vic-
toire ne sont pas encore rentrées?

— Non, mademoiselle, mais Sa Grâce m'a envoyé chercher pour savoir de vos nouvelles, et j'ai dit que vous vous étiez retirée pour la nuit ; cela valait mieux que de dire que vous aviez mal à la tête, n'est-ce pas ?

— Il vaut toujours mieux dire la vérité que d'avoir recours au mensonge ou au subterfuge. Comme Mélanie aurait été étonnée de voir son oncle ce soir !

— Bien étonnée, mademoiselle. Je crois qu'elle aurait mieux aimé être avec nous qu'à la noce de Lolotte. Le seigneur Guy soupe avec Sa Grâce, mademoiselle.

— Cela ne me regarde pas, Claude, bonsoir.

Lorsqu'elle eut laissé retomber la tapisserie et qu'elle eut repris sa place auprès du feu, elle resta longtemps plongée dans une profonde méditation, puis se levant, elle tira de son sein une petite clef, ouvrit une cassette, en tira un épais volume aux fermoirs de bronze, et y lut attentivement pendant une heure environ ; puis après quelques moments de méditation, elle remit le livre à sa place, s'agenouilla sur le prie-Dieu au pied du lit, pria avec ferveur, avec passion, puis elle se coucha.

Le lendemain vers midi, Claude vint dire à sa maîtresse que l'Évêque voulait la voir, elle quitta son métier, et vint au-devant de lui jusqu'à mi-chemin dans le salon où elle avait passé la matinée.

Il eût été difficile de trouver en France deux personnes d'une tournure plus noble, plus digne et plus gracieuse que le frère et la sœur qui se saluaient ainsi. Il était richement mais simplement vêtu; elle portait le costume attrayant et modeste sous lequel Catherine de Médicis est représentée dans les mémoires de Condé, lorsqu'elle était jeune et fraîche; sa robe dont la taille eût été trop juste et trop longue pour une tournure moins parfaite était de satin violet, et fermée du cou à la pointe du corsage par dix ou douze petites agrafes en perles et en améthystes. Les manches se terminaient au poignet par de petites manchettes de dentelles, la jupe était longue et ample, le cou était entouré d'une petite ruche de dentelle; les beaux cheveux lisses, brillants, d'un châtain clair, nattés en tresses innombrables et mélangés de chaînes de perles, étaient surmontés de ce qu'on appelle maintenant un bonnet à la Marie Stuart, duquel descendait un long voile d'une étoffe transparente sur un manteau flottant d'un velours un peu plus foncé que la robe, les manches en étaient larges, et le manteau flottait sur les épaules.

— J'ai été fâché, ma sœur, dit l'évêque, dès qu'ils furent assis, d'apprendre que vous étiez si sérieusement indisposée hier.

— N'en parlez pas, dit-elle en rougissant légèrement, ce n'était rien, je suis tout à fait bien.

Il la regarda avec quelque anxiété, car elle lui était très-chère, mais rien dans son apparence ne contredisait ce qu'elle avançait, et il le tint pour bon.

— Votre santé n'a point été oubliée parmi nous, dit-il. Une douzaine de jeunes chevaliers ont bu avec enthousiasme à votre bien-être, et je n'ai pas refusé de leur rendre raison, bien que je ne touche jamais au vin que pour faire honneur à mes hôtes, comme bien vous savez.

— Votre souper a duré bien tard, mon frère, même dans mon quartier éloigné, j'ai entendu le bruit de la fête.

— Trop tard pour mes goûts, Madeleine, j'ai été bien aise de pouvoir dire, enfin, que je devais assister à la messe de minuit.

— Tard au festin et tard à la prière ! dit Made-

9

leine en souriant. J'étais en meilleure situation que vous, je dormais ici dans mon nid.

— Et cependant si vous n'aviez pas été indisposée, je vous aurais priée d'assister à la messe, car il est bien nécessaire en ce moment de faire démonstration de piété, tout autant que de faire expiation.

— Vous voulez dire à l'occasion de l'outrage fait au crucifix?

— Certainement, même si ce n'était pas un signe de l'esprit du temps.

— Qu'est-ce que vous appelez l'esprit du temps, mon frère?

— Pouvez-vous le demander? l'hérésie, l'anarchie !

— Et si ce n'était qu'un mouvement qui dissipera de funestes vapeurs comme un orage en été, pour nous laisser une atmosphère plus pure et plus sereine ?

— Ah! ma chère Madeleine, ceci est une des idées pernicieuses que vous devez à votre nourrice Vaudoise.

— Je vous en prie, mon frère! je ne puis vous permettre de parler d'elle si durement ; elle avait dans

le cœur l'amour du Christ, et elle m'aimait comme
une mère.

— Je n'ai jamais douté de sa fidélité ni de sa ten-
dresse. La pauvre femme avait du zèle, mais c'était
un zèle sans connaissance.

— Mais elle savait par cœur le Nouveau Testament
tout entier.

— Grande preuve de mémoire, mais cela ne veut
pas dire qu'elle le comprît. Vous pourriez savoir
Aristote tout entier par cœur, et cependant ne le
pas comprendre.

— Le comprenez-vous? demanda-t-elle d'un ton
de badinage.

— J'oubliais que je parlais à une femme savante,
dit l'Évêque, prenant aussitôt un ton plus léger : Moi,
le comprendre, non, non, ma chère, je vous en réponds; je ne suis pas bien sûr qu'il se comprît toujours lui-même. Qu'est-ce que vous faites-là? Est-ce
quelque offrande pour Notre Dame?

— Non!

— La devise est jolie, en tous cas, si elle n'est pas
bien nouvelle. « *Via crucis, via lucis!* » Oui c'est le
bon vieux sentier.

— Le sentier de la lumière, vous voyez, mon frère. Ceux qui portent la croix ne peuvent pas avoir les yeux bandés.

— Ils ont une lumière intérieure pour les guider, ma sœur.

— Oh ! je voudrais bien avoir une lumière intérieure, dit Madeleine d'un air pensif, une lumière qui brillât toujours sur mon chemin.

— Ceux qui portent la croix ont la lumière, dit l'Évêque, ceux-là seuls qui haïssent la lumière marchent dans l'obscurité.

— Comme cela est vrai, et cependant comme nous le comprenons difficilement !

— Parce que vous avez imaginé de vous embrouiller l'esprit de questions que les femmes ne peuvent comprendre. Vous êtes-vous confessée dernièrement?

— Je ne me confesse jamais à vous, dit-elle vivement.

— Certainement non, mais le père Jérôme m'a dit que vous ne vous étiez pas confessée depuis quelque temps.

— Je voudrais bien que le père Jérôme confessât ses péchés au lieu des miens ! dit-elle avec chaleur.

Son frère sourit et dit.

— Le prêtre n'a point de réserve pour son évêque.

— Excellente raison pour que je n'aie pas grand goût à confesser mes péchés à un prêtre ! Ah ! mon frère, comme il vaut mieux les confesser à Dieu !

— Nous pouvons faire l'un et l'autre.

— Mais pourquoi faire autre chose?

— Vous qui faites profession de tant d'amour pour l'Écriture, vous devriez vous rappeler ce passage : « Confessez vos péchés les uns aux autres. »

— Mais le père Jérôme ne me confesse pas ses péchés. Il n'y a rien de réciproque dans notre confession. Je crois que ce passage m'oblige uniquement, par exemple, si je vous avais fait du tort ou du chagrin, à vous l'avouer ingénûment et à vous en exprimer ma contrition.

— *Vous* croyez ? répéta l'Évêque avec une douce ironie. Eh bien, Madeleine, au lieu de me faire du tort, vous pouvez faire quelque chose qui me sera fort agréable, et j'espère que vous n'y manquerez pas.

— Quoi donc? mon cher frère.

— Nous avons décidé en chapitre de faire une solennelle procession d'expiation publique, avec toute la pompe imaginable, et je compte sur vous pour y jouer un rôle important.

— Ah ! dit-elle d'un ton et avec un regard qui exprimaient une extrême aversion.

— Que voulez-vous dire? reprit l'Évêque dont le front s'obscurcissait, me refusez-vous votre concours?

— Cela me sera odieux.

— Madeleine! ce sont vos sentiments et vos paroles qui sont odieux aux yeux de Dieu. Que dois-je penser? Je ne voudrais pas vous faire tort. Comme votre bon frère, je vous demande de consentir.

— Tout ce que vous voudrez, excepté ceci.

— Comme votre supérieur spirituel, je vous l'ordonne.

Elle rougit, et une expression de révolte et de défi se peignit un instant sur ses traits, sa respiration était précipitée, mais elle ne parlait pas. Les yeux de l'évêque restaient fixés sur elle.

— Cela ne peut pas continuer, dit-elle enfin, en appuyant ses mains sur son cœur, si vous savez tout ce que j'ai confessé au père Jérôme, vous savez ce que je sens et ce que je pense.

— Je sais tout, et je vous dis que s'il vous arrive jamais de quitter votre demeure, à l'ombre de la nuit, en compagnie d'un enfant, pour vous réunir secrètement à des hommes qui n'ont point de réputation à perdre, votre bonne renommée sera entachée pour toujours.

Elle frémit de la tête aux pieds, la tête lui tournait, il savait donc, ou il avait l'air d'en savoir beaucoup plus qu'elle n'avait cru! Il lui sembla qu'une pluie de taches noires passait devant ses yeux et elle fut sur le point de se trouver mal.

—Oui, reprit-il d'une voix douce et pénétrante en voyant l'éclat de ses joues pâlir peu à peu pour prendre la teinte du lis, et tout en parlant, il appuyait son bras sur le dossier de la chaise de sa sœur, résistant ainsi à l'instinct fraternel qui le poussait à la soutenir et à la caresser. — Oui, je sais tout, et il serait inutile de me dire que la réunion se tenait dans la maison de votre vieille nourrice imbécile, c'était inconvenant au dernier point, et mon nom se trouvait compromis ou aurait pu se trouver compromis dans la honte du vôtre.

Il ne savait pas tout! Il ne savait rien de l'imprudence de la nuit précédente! Cette visite chez sa nourrice était une vieille histoire qui semblait mainde peu d'importance. Elle rappela ses sens égarés.

— N'en parlons plus pour le moment, dit l'Évêque avec bonté. Vous êtes en cet instant hors d'état de me répondre; si j'avais su que le coup vous serait si cruel, j'aurais usé de précautions. Madeleine, nous nous aimons, nous nous sommes aimés dès l'enfance, mais ne nous séparez pas par une imprudence entêtée et téméraire !

Elle était ébranlée, et couvrant son visage de ses mains, elle se mit à pleurer.

— Je vous laisse, dit-il lentement, j'ai beaucoup à faire et beaucoup à penser, mais j'oubliais quelqu'un qui désire vous revoir, maintenant qu'il est revenu de Paris. Voulez-vous recevoir Guy de Miremont ?

Une vive rougeur couvrit ses joues pâles, elle hésita.

— Non... oui... non.

— Le second mouvement est le meilleur, dit gaiement l'Évêque, en sorte que je ne m'inquiète ni du premier ni du troisième.

— Vraiment, mon frère, je crois que j'aimerais mieux ne pas le voir.

— Je vous l'enverrai cependant, dit l'Évêque un peu malignement, et il aura le rare plaisir de voir Madeleine de Saint-Nectaire sens dessus dessous.

— C'est un spectacle qu'il n'aura certainement pas, dit-elle en se redressant et en reprenant aussitôt tout son empire sur elle-même, sur quoi l'Évêque se retira en souriant.

9.

CHAPITRE XI

Du moment où le nom de Guy de Miremont avait été prononcé, Madeleine avait éprouvé dans ses sentiments une répulsion qui tenait infiniment plus de la terre que du ciel. Elle avait compris tout d'un coup l'effet que ses visites furtives aux réunions luthériennes pourraient avoir aux yeux du monde, et elle éprouvait une extrême répugnance à l'idée que son amant pût en être instruit.

Car le jeune seigneur de Miremont était ouverte-ment son *serviteur*, et elle l'aimait en retour de toute la force d'un cœur affectueux. C'était, à vrai dire, un chevalier fait pour conquérir la faveur de bien des femmes. Il était beau, élégant et brave, et il était doué en outre d'une gaieté et d'une bonne humeur qui rendaient presque impossible de ne pas lui trouver plus de charmes qu'à bien des hommes plus instruits et plus spirituels que lui. Son rire était la gaieté même, il faisait avec ardeur tout ce qu'il entreprenait, et il n'était ni vain ni présomptueux. Devenu maître de ses actions dès qu'il était arrivé à l'âge d'homme, il ne s'était jamais adonné à la dissipation, son amour pour Madeleine était aussi pur que vif, et, pour le moment, il passait, et cela à ses propres yeux, pour un excellent catholique.

Naturellement notre héros avait certains défauts, bien qu'ils ne fussent pas très-choquants ; il était parfois un peu vif, et il pouvait lui arriver de passer d'un extrême à l'autre, par des raisons que de meilleurs logiciens n'eussent pas tenues pour suffisantes. Il était toujours parfaitement convaincu qu'il avait raison en tout ce qu'il faisait, car rien au monde n'aurait pu le décider à se départir de la droiture sous quelque prétexte que ce fût.

Tel était le jeune seigneur qui entrait dans la salle de réception de Madeleine, et qui la saluait avec un mélange de respect chevaleresque et d'ardeur juvénile. Si elle eût pu retenir sa rougeur, elle n'eût laissé paraître pour sa part aucune émotion.

— Vous êtes le bien venu, seigneur Guy, dit-elle, j'espère que vous avez fait un bon et agréable voyage en revenant de Paris.

— Assez bon, puisque me voilà sain et sauf, répondit-il gaiement, autrement, les périls étaient nombreux.

— Et de quelle nature ?

— Oh ! les routiers étaient partout. Les mécontents protégés par Des Adrets font la terreur du pays, ils brûlent, ils saccagent, ils pillent et ils assassinent partout.

— Croyez-vous que le bruit courant soit vrai, et que le Terrible Baron ait l'intention d'attaquer le Puy ?

— Cela lui conviendrait fort, je n'en doute pas, mais l'entreprise serait un peu trop hasardeuse. Vous êtes de force à défendre vos trésors, quelque énormes qu'ils puissent être, et puis vous avez des voisins et alliés puissants, Polignac, Saint-Vidal.

— Oh ! ils sont trop indolents et trop égoïstes !

— Ils ne le seraient pas, en cas de besoin sérieux, si vous étiez dans la place ! Ah ! Madeleine, tous les chevaliers de France feraient une croisade pour vous si vous étiez en danger !

— Si Notre Dame du Puy était en danger, peut-être quelqu'un d'entre eux se lèverait-il, répliqua Madeleine. Ils aimeraient mieux se battre pour une image mangée aux vers que pour une femme vivante.

Guy fut arrêté un moment par le désagréable sentiment que lui causait le ton un peu profane de ces paroles.

— Notre Dame d'abord, cela va sans dire, reprit-il après un moment de silence, et les dames ensuite. Place à Notre Dame et aux dames ! En parlant de dames, il y a quelques-unes des dames de la cour qui se sont trouvées dernièrement dans un étrange embarras !

— Comment donc ?

— Je n'ai pas besoin de vous dire que les opinions nouvelles...

— Les opinions réformées...

— Se répandent avec une rapidité effrayante jusque dans les rangs de la classe supérieure. Elles sont particulièrement promulguées par les ministres qui viennent de Genève, cette serre chaude d'hérésie ; ils sont peu nombreux, mais ils se partagent les tournées, ici aujourd'hui, demain là, en sorte qu'il est à peu près impossible de les attraper, d'autant mieux que leurs prosélytes les reçoivent et les cachent avec la plus absurde indifférence au danger.

— Noble indifférence, seigneur Guy.

— Ils ont eu l'audace d'établir un lieu de prêche sous le nez de la Sorbonne, et ils se sont réunis là pour dévorer un cochon en dérision de l'Agneau pascal.

— Comment pouvez-vous croire à de pareilles calomnies ?

— En tous cas, on les a dérangés au milieu d'un repas, il y avait de longues tables couvertes de linges blancs, des plats et des calices.

— Sans aucun doute ils célébraient la sainte Cène.

— Ah ! Madeleine, vous avez toujours une raison charitable pour toutes choses. (Erreur complète du seigneur Guy, soit dit en passant.) Mais je crains

bien que ces gens-là ne fussent pas aussi inno-
cents que votre charité nous le fait supposer. Pourquoi, dans ce cas, au lieu de se soumettre à l'autorité légitime, se seraient-ils barricadés et auraient-
ils fait une si énergique résistance ? On a fini par les
prendre et les mettre en prison, après un peu de
sang versé, et dans le nombre, voilà ce qui est
honteux à dire, on a trouvé trois ou quatre dames
de la cour ! Figurez-vous la noble Azelaïs de Saint-
Brice, la modeste Mathilde de Launay dans une
situation si humiliante !

— La situation était dangereuse, mais je ne vois
pas en quoi elle était humiliante !

— Vous ne voyez pas ? c'est que vous ne vous
rendez pas compte de l'ensemble. Représentez-vous
le rang inférieur de la compagnie, le petit nombre
de femmes, le but douteux de l'assemblée, la publicité de la découverte, la terreur des pères et des
frères, l'horreur et l'indignation des amants, les
suppositions humiliantes de la cour !

— Oui, seigneur Guy, tout cela était terrible pour
la nature d'une femme, mais des scènes de ce genre
n'ont-elles pas dû se présenter chez les premiers

chrétiens ? Nous savons qu'il en était ainsi dans les temps apostoliques Les Romains expliquaient les réunions des chrétiens de la manière la plus affreuse.

— Je sais bien que vous avez toujours été une admiratrice de la Perle des princesses, la Marguerite des marguerites, dit Guy en souriant.

— Oui, je l'ai toujours regardée comme une personne d'un noble cœur, un peu timide et un peu portée à temporiser peut-être, lorsqu'elle est devenue vieille.

— Si je ne me trompe, elle faisait venir les prédicateurs réformés dans sa chambre, pour lui faire le prêche, dit le seigneur Guy, et le bon roi Henri l'ayant prise une fois sur le fait, lui donna un soufflet en lui disant : « Madame vous prétendez à un excès de sagesse. »

— C'était fort impoli de sa part, dit Madeleine.

Guy se mit à rire en disant :

— On pardonne tout à une jolie femme. Le roi François lui a bien pardonné, et il l'a toujours protégée.

— Je crois bien ! c'était aux efforts de Marguerite qu'il devait sa liberté !

— C'était une sœur dévouée, et il n'était pas un mauvais frère. Votre frère, belle Madeleine, pourrait probablement compter de même sur votre dévoûment s'il se trouvait dans la même situation ?

— Bien certainement, il n'y a rien que je ne fisse pour lui.

Elle joignit les mains et ses yeux s'éclairèrent en disant ces mots.

— Rien ? voilà une déclaration qui me convient, dit le seigneur Guy, car pour dire le vrai, il m'a chargé de vous demander quelque chose qu'il ne vous est guère possible de refuser, à ce qu'il me semble.

— Quoi donc ? demanda Madeleine soudainement arrachée à ses transports, et devinant instinctivement ce dont il s'agissait.

— Tout simplement de prendre part à la procession expiatoire de demain, ce que vous devez naturellement désirer, que l'Évêque vous l'eût demandé ou non. Mais qu'est-ce que je vois ? s'écria-t-il en s'interrompant avec un geste et un regard d'effroi, vous avez l'oreille horiblement déchirée.

— Mon oreille ? non.

— Elle saigne !

Elle appuya son mouchoir sur son oreille.

— Oh! oui, je m'en souviens, je me suis blessée en ôtant ma boucle d'oreille.

— Une de celles que je me suis senti si honoré de vous voir accepter avant mon départ pour Paris ? Oh! quel misérable je suis d'avoir eu part à la blessure de cette précieuse oreille !

— Je vous en prie, ne vous en tourmentez pas, ce n'est pas votre faute !

— Oui, c'est ma faute. Elles devaient être mal faites, et moi, scélérat que je suis, je ne m'en suis pas aperçu !

— Je vous assure qu'elles étaient très-bien faites.

— Je ne puis le croire. Permettez-moi de les voir. Laissez-moi appeler vos femmes

— Ne vous inquiétez pas de cela, monseigneur, l'oreille est un membre peu sensible, et je vous assure que la douleur est fort insignifiante.

— Oh! mais la blessure est terrible. Je n'aurai point de repos! La perte de tant de sang doit vous affaiblir. Malheureuse boucle d'oreille !

— C'est sans aucune importance.

— Sans importance! Les boucles d'oreille que je vous ai données! Maître Claude, s'écia Guy en s'adressant au page qui venait d'entrer, voulez-vous me faire le plaisir de demander à la première femme de mademoiselle Madeleine de m'apporter sur le champ les boucles d'oreille de rubis que j'ai eu le malheur de lui donner avant de partir pour Paris?

Claude salua de l'air le plus impertubable, pendant que Madeleine rougissait violemment.

— Quelle absurdité! dit-elle vivement, le fait est que cette boucle d'oreille avait besoin de réparation et que je l'ai envoyée chez le bijoutier.

— Ah! mais cela me regardait, c'est un devoir, un privilége, je dois m'acquitter de ces fonctions. Quel est votre bijoutier?

— Je ne vous le dirai pas, répliqua-t-elle, fort impatientée contre Guy et contre elle-même.

— Vous encore ici! s'écria le seigneur Guy au page qui hésitait, et qui se retira avec regret en marmottant : — Tout de même, je n'y vais pas, cela ne serait bon à rien.

Au même instant, Mélanie, première femme de Madeleine, entrait par une autre porte.

— Permettez-moi, mademoiselle Mélanie, dit le seigneur Guy, dès qu'il l'aperçut, de vous prier de m'aller chercher la boucle d'oreille, la boucle d'oreille de rubis, celle qui n'est pas cassée.

— Cassée, monseigneur ? dit Mélanie avec surprise, mademoiselle les portait hier, elle les porte tous les jours ; elles sont sur la toilette pour le moment ; et elle se retira précipitamment.

Guy regarda Madeleine dont la physionomie trahissait un extrême embarras, tous deux gardaient le silence.

— Je vous demande pardon, monseigneur, dit Mélanie, en revenant de la chambre voisine, je vois qu'il n'y en a qu'une.

— Je vous l'avais dit, reprit vivement Madeleine, en regardant Guy. Il prit la boîte des mains de la la femme de chambre, et se retournait vers Madeleine, comme s'il allait lui faire des excuses, au moment où un domestique entra, portant un petit objet fort malpropre sur un plateau richement travaillé.

— C'est un petit garçon, mademoiselle, dit-il, il a trouvé ceci dans la boue, rue Panessac, et l'ayant reconnu pour le joyau qu'il vous avait vu porter à la cathédrale, il l'a rapporté dans l'espoir d'obtenir une petite récompense.

— Laissez-moi voir, s'écria vivement Guy qui était d'une grâce un peu affectée au début de l'entrevue mais qui était devenue très-animé depuis le commencement de la querelle, et qui gesticulait comme un vrai méridional.

— Ah! quelle horreur, s'écria-t-il, en levant les mains au ciel, puis se baissant pour regarder de plus près le malheureux objet. Pouah! enlevez cela, mon bon ami, ou cet épouvantable parfum fera évanouir mademoiselle, l'appartement tout entier en est déjà infecté. Lavez-le six fois, douze fois dans des eaux différentes, de l'eau de rose, de l'eau de benjoin ; parfumez-le avec du musc et de l'ambre, mettez-le dans du coton parfumé, et puis si tout cela ne vous fait pas tomber à la renverse, rapportez-le ici, mais il ne pourra jamais servir à votre maîtresse sans être remonté. Attendez, un guerdon, dites-vous? donnez cela au gamin.

Et il remit une pièce d'or au domestique qui se retira en riant.

Dès qu'il fut parti, Guy croisa les bras et donnant
à son regard une expression terrible, il fixa les yeux
sur sa malheureuse maîtresse qui débrouillait très-
assidûment une pièce de fil d'or.

— La rue Panessac, dit-il entre ses dents d'une
voix basse et sifflante, la nuit dernière! comment?
quand la rue Panessac était le théâtre de cette bac-
chanale, de cette orgie? Madeleine? Parlez! que
dois-je croire?

— Croyez tout ce que vous voudrez, Guy! dit-elle
en fondant en larmes, car vous me tourmentez à en
mourir! Pensez de moi tout ce que vous voudrez, le
plus mal que vous pourrez!

— Moi, penser mal de vous, Madeleine? Périssent
plutôt, le soleil, la lune, les étoiles et la lumière! Vos
larmes me fendent le cœur! Vous m'avez appelé
Guy pour la première fois!

— C'est ce que je n'aurais pas fait, je vous en réponds, si j'avais eu le temps d'y penser.

— Ne retirez pas vos paroles! votre femme m'a
dit que vous portiez tous les jours mes boucles d'o-
reilles, ces boucles d'oreilles que vous daigniez
tout au plus accepter ou trouver jolies, auxquelles

vous vous prétendiez si indifférente ! précieuse, adorable Madeleine !

Sans aucun doute, Guy se serait ici jeté à genoux, sans l'apparition de l'Évêque qui le rappella immédiatement au bon sens. L'Évêque paraissait troublé et préoccupé, et il allait parler sérieusement, mais voyant sa sœur en larmes, et Guy rouge et les yeux étincelants il s'arrêta court en disant :

— Quoi ! une querelle d'amoureux ?

Or, Guy était si véritablement amoureux qu'il se serait fait écraser plutôt que de jeter la dame de ses pensées dans le moindre embarras. Il éclaircit donc son front et dit :

— Point du tout, monsieur, damoiselle Madeleine et moi nous étions seulement occupés à causer d'un sujet trop intéressant, et sa nature étant délicate comme celle des anges, elle a été plus émue que je m'y attendais, etc... etc...

— Je suis bien aise de voir qu'il n'y a rien de plus grave, dit l'Évêque en souriant et en prenant la main de sa sœur. Je crois deviner la nature de cet intéressant sujet, et je suis enchanté que vous en soyez enfin venus à un éclaircissement. Vous étiez bien sûrs d'avance de mon consentement, et maintenant pour en revenir à un sujet moins intéressant pour vous, Madeleine prendra part à la procession, n'est-ce pas?

— Naturellement, répondit Guy en voyant que Madeleine était hors d'état de répondre pour elle-même. Car elle était pétrifiée et couverte de confusion en voyant son frère se méprendre si complètement sur ce qui s'était passé.

— Tout va bien, alors, dit l'Évêque en souriant affectueusement à sa sœur, et maintenant, mon cher Guy, si vous pouvez vous arracher pour quelques minutes à la compagnie de Madeleine, je serai bien aise de causer avec vous.

— Certainement, dit Guy en portant précipitamment à ses lèvres la main de Madeleine, puis accompagnant l'Évêque hors de la chambre. A peine la porte était elle fermée cependant, qu'il marmotta, — oh! mon gant!... et laissant l'Évêque descendre l'escalier tout seul, il retourna en un instant à côté de Madeleine. Elle releva son visage couvert de rougeur, mais sans regarder Guy.

— Madeleine, l'éclaircissement à eu lieu, il en est

bien aise, dit Guy bien bas, puis incapable de résister au désir de baiser la joue vermeille qui effleurait ses lèvres, il n'attendit pas la réprimande, et l'instant d'après, il se dirigeait à grands pas du côté du cabinet de l'évêque.

CHAPITRE XII

La procession expiatoire eut lieu avec toute la pompe et le cérémorial imaginables; Madeleine de Saint-Nectaire y prit part; Colette faisait partie de la congrégation, car en dépit de fréquentes conversations avec Victor et Christophe, et une tendance toujours croissante à adopter les opinions réformées toutes les fois qu'elle les comprenait, les habitudes de son enfance et une certaine timidité l'empêchaient d'abandonner publiquement la religion établie de son pays. Elle se tenait debout et s'agenouillait comme les autres, et, étant entrée dans la cathédrale avec le peuple qui formait la procession, elle ne vit pas ceux qui la conduisaient avec tout l'appareil du rang et de la richesse. Le service était commencé, lorsqu'à travers la longue perspective de fidèles, elle aperçut Madeleine de Saint Nectaire appuyée contre l'un des pilliers, enveloppée d'un grand voile de gaze noire et elle la reconnut aussitôt.

— Christophe! s'écria-t-elle vivement, dès qu'elle revit son frère. J'ai découvert qui était la belle dame qui se trouvait mercredi soir à la réunion. C'est la sœur de l'Évêque.

— Quelle absurdité! dit Christophe.

— J'en suis sûre, je l'ai vue nettement, bien que nous fussions loin l'une de l'autre.

— La sœur de l'évêque? répéta Christophe avec une incrédulité moqueuse. Il est bien probable en effet que la belle du Puy, la fleur de tout le Languedoc, celle qui voit sans cesse porter ses couleurs dans les tournois par cinquante jeunes galants, se soit abaissée au point de venir dans un trou comme la cuisine de Grégoire.

— Rappelle-toi ce que disait Victor, l'amour du Christ l'a contrainte.

— Mais c'est une fervente catholique, l'Évêque est un des piliers de l'église, et c'est son unique sœur.

— Les frères et les sœurs ne pensent pas toujours de même, qu'en dis-tu, Christophe? dit Colette en riant.

— Je suis sûre que tu t'es trompée. C'est si facile à une pareille distance.

— Assure-t'en toi-même, en la regardant la première fois qu'elle sortira à cheval.

— Je suis trop occupé pour flâner à la porte de l'Évêque, en attendant le bon plaisir d'une dame.

— Tu la reconnaîtrais, je suppose.

— J'imagine, dit Christophe en étouffant un soupir tout en s'en allant. Par le fait, le pauvre garçon avait beaucoup trop réfléchi à cette héroïne d'une heure, à peu près aussi complètement hors de sa portée que la reine des Fées était hors de celle du Prince Arthur. Pour le moment il était complètement dégoûté de son ancienne passion, Gabrielle, qui lui paraissait grossière et vulgaire en comparaison, comme la véritable Dulcinée du Toboso en comparaison de la Dulcinée que rêvait don Quichotte, et cette influence l'avait certainement disposé à écouter avec plus d'intérêt les conversations de Victor au sujet de ce parti religieux qu'elle épousait à de pareils risques.

En dépit de la grande indifférence que Christophe

avait professée en déclarant qu'il était trop occupé pour chercher à revoir Madeleine de Saint-Nectaire, il se sentit donc pris de l'envie de consacrer sa première demi-heure de loisir à la tentative que sa sœur lui avait suggérée.

En conséquence, à peine fut-il rentré à la maison qu'il attira Colette près du parapet, théâtre ordinaire de leurs confidences, et lui dit très-bas, d'un ton un peu abattu :

— Tu avais raison, Colette, c'est mademoiselle de Saint-Nectaire, la sœur de l'Évêque.

— Ah! j'en étais bien sûre, dit Colette, mais comment t'en es-tu assuré?

— En suivant ton avis, en l'attendant près de la porte de l'évêché, je l'ai vue sortir avec une troupe de beaux cavaliers et de belles dames, mais il y avait à côté d'elle un jeune seigneur, qu'elle va épouser, dit-on, le seigneur Guy de Miremont.

Et Christophe étouffa un soupir.

— Comme on voudrait être riche et noble! dit-il brusquement. Pourquoi ne sommes-nous pas tous égaux? Je suppose que cela serait si Ève n'avait pas mangé la pomme.

10.

— Il y a plus de cent jeunes chevaliers riches et nobles comme le seigneur Guy, dit Colette, mais un seul pouvait conquérir damoiselle Madeleine.

— Ce n'est pas cela, dit Christophe en rougissant de voir deviner sa pensée. Mais j'ai quelque chose à te dire, Colette. Il est fort extraordinaire pour la sœur d'un évêque et pour la fiancée d'un catholique fervent de suivre des réunions réformées. Cela doit être fort dangereux, et le secret doit être profond. Par conséquent, taisons-nous, toi et moi.

— De tout mon cœur, dit Colette, mais il me semble que le secret doit être su de bien des gens, Grégoire, par exemple.

— Il ne s'en doute pas. Le lendemain de la réunion, je l'ai sondé sur le compte de la dame inconnue, mais il m'a déclaré qu'il ne l'avait vue que deux fois auparavant, et toujours soigneusement voilée. Il la prenait pour la fille de quelque riche bourgeois.

— Et Gabrielle?

— Oh! je n'ai pas parlé d'elle à Gabrielle, dit Christophe en haussant les épaules. A dire vrai, je ne lui ai pas dit deux mots depuis lors. Les femmes n'aiment pas à entendre l'éloge d'une autre.

Et sur cet axiome il rompit la conversation.

Depuis quelque temps, les relations de Victor avec Colette avaient fait tant de progrès qu'on l'attendait en général le soir quand il revenait de son ouvrage, et qu'il était toujours reçu avec un sourire. Il avait toujours beaucoup de choses à raconter, il savait ce qui se passait dans la ville, et recueillait quelquefois des nouvelles des pays étrangers, ensuite il était en train de s'attacher vivement aux opinions réformées, et sans être fort instruit, il avait l'esprit droit et un grand désir de juger impartialement en sorte qu'il lisait attentivement tous les traités de Bertrand, comparait soigneusement leur contenu avec la Bible que le colporteur lui avait prêtée, et causait avec Marceline et avec Colette des résultats auxquels il était arrivé pendant qu'on se chauffait le soir autour du feu. Christophe n'avait pas le don de la controverse, cependant il avait comme tout le monde un petit paquet d'opinions toutes faites, qui étaient fort à la disposition de Victor ; celui-ci les retournait, les classait, et Christophe, après s'être plus ou moins bien défendu sur tel ou tel point, finissait par

dire : « Je crois que vous avez raison, mon garçon. »
Il avait un goût décidé pour les réunions de prières
qui lui offraient tout l'attrait du danger, et il accom-
pagnait Colette et Victor toutes les fois qu'ils en
avaient la fantaisie, chantant les psaumes de Marot
de toute sa force, et ouvrant de grands yeux pendant
de longs sermons qu'il croyait parfois comprendre.
Sa prédilection pour Gabrielle contribuait à l'attacher
au parti de son père. Gabrielle était une bonne et jolie fille, gaie, étourdie, privée fort jeune des soins
de sa mère, et fort peu curieuse de polémique, mais
elle aimait tendrement son père et tenait pour
constant que ce qu'il croyait bon ne pouvait pas être
bien mal, et que ce qu'il croyait mal ne pouvait pas
être bien bon. Elle s'amusait donc des amères satires
qu'elle entendait faire sur les abus de l'Église catholique, et les répétait sans que cela inquiétât sa conscience, elle nettoyait avec empressement sa cuisine
pour les réunions de prières, et lorsqu'on s'assem-
blait dans une autre maison, elle trouvait assez
agréable de nouer son capuchon, de prendre le bras
de son père ou celui de Christophe et de traverser à
l'air frais de la nuit les rues escarpées et les allées

tortueuses jusqu'à ce qu'on fût arrivé au lieu du rendez-vous.

Farel, le ministre à l'air ascétique qu'ils avaient entendu le premier soir, dirigeait d'ordinaire ces réunions secrètes, mais Mélan de la Vigne venait de paraître sur la scène, et son frère cadet Bertrand, plus habituellement occupé à répandre des traités et à semer sur le bord du chemin, tenait quelquefois des réunions de prières lorsqu'aucun chef plus autorisé n'était présent.

Les trois hommes étaient surveillés. Ils le savaient bien, mais, tant qu'on ne les avait pas pris sur le fait, les autorités jugeaient bon de fermer les yeux, et tant qu'ils étaient ainsi en liberté, ils profitaient activement de l'occasion, tantôt avec une précaution et une adresse surprenantes, tantôt avec une indifférence tout aussi remarquable à tout danger personnel, comptant toujours, et avec raison, jusqu'alors, sur la fidélité et le concours de leurs adhérents.

Bertrand trouvait tant d'occupation dans la ville et au dehors qu'il pouvait rarement disposer d'une heure de loisir. Quelquefois même, il quittait le Puy pendant plusieurs semaines, mais toutes les fois qu'il en avait l'occasion, il venait le soir passer une heure avec Marceline que ses souffrances l'empêchaient d'assister aux réunions, et il prenait le plus grand plaisir à causer avec elle des sujets qui absorbaient tout son temps et toutes ses pensées. La mère Suzanne était infiniment plus occupée à empêcher Michel de tomber dans le feu, ou de dégringoler du parapet, qu'à écouter ce que disaient Bertrand et Marceline. Mais elle voyait que la conversation les intéressait tous deux, et elle se figurait en secret qu'un mariage sortirait peut-être de là, en se disant que Bertrand, s'il pouvait prendre son parti d'avoir une femme aussi maladive, aurait plus de chances de réussir qu'il n'était arrivé à Jacques Guitard.

Marceline éprouvait toujours un serrement de cœur lorsqu'elle voyait Colette et Victor partir pour les réunions du soir, et elle regardait tristement les jeunes gens descendre joyeusement les degrés de la rue. Parfois, les larmes lui venaient aux yeux, au moment où elle rentrait, et elle ne ressentait jamais ses infirmités physiques plus amèrement que lorsqu'elle pensait ou savait que Bertrand devait se trouver à la réunion.

Mais lorsqu'il venait la voir, tout était différent, elle avait alors tous les priviléges d'une malade, il s'occupait d'elle avant de parler aux autres, il lui demandait des détails sur sa santé, la plaignait et parfois lui donnait des conseils, puis il lui parlait de ses voyages de l'une à l'autre ville, d'un village à un château, partout où il avait des raisons de croire qu'il trouverait « un d'une ville ou deux d'une famille, » prêts à écouter la parole de vérité et à la recevoir avec joie, il lui disait comment, dans un endroit, la Parole avait été comme la bonne semence tombant dans un endroit pierreux, parce que ceux qui l'avaient reçue n'avaient ni la force, ni le désir de la conserver au delà d'un certain temps ; comment elle avait eu ailleurs le sort de la semence tombant le long du chemin ; sur un autre point, elle était tombée parmi les épines ; enfin, il y avait des endroits où la parole était tombée dans une bonne terre, et il osait espérer qu'elle rapporterait du fruit, trente, soixante, peut-être cent pour un.

Un soir, il faisait obscur, Marceline venait d'abriter la lampe de la main pour éclairer un moment Colette et Victor, elle les avait perdus de vue, et rentrant un peu tristement, elle s'était assise auprès du feu et méditait dans la solitude, pendant que sa mère qui déshabillait Michel dans la chambre voisine, chantait gaiement d'une voix un peu cassée :

> Nérount tre frères,
> Nerount tre frères,
> Nhaut qu'une sor a marida.

Au même instant, quelqu'un souleva le loquet, et à la grande joie de Marceline, elle vit que c'était Bertrand.

— Je croyais que vous étiez à la réunion, dit-elle.

— Est-ce qu'il y a une réunion ce soir? dit Bertrand. Je n'en savais rien, et j'arrive de la campagne, gelé, fatigué et affamé. Je suppose que la mère Geneviève a accompagné Victor, car la maison est fermée.

— Vous ne serez pas longtemps affamé, dit Marceline, en se levant pour lui donner à souper, et j'espère que vous ne serez bientôt plus ni gelé, ni fatigué.

— Laissez-moi vous épargner cette peine, dit-il en prenant le pain et le fromage. Où est la réunion ce soir ?

— Chez Jacques Guitard.

— Oh ! alors, je n'y vais pas. C'est tout au bout de la ville; et je suis trop las pour escalader cette montagne une seconde fois ce soir.

D'ailleurs, je me défie de Guitard et j'avais l'intention de conseiller à mon frère et à Farel de ne plus tenir de réunion chez lui. Ils se trouveront pris au piège un de ces soirs.

— D'où venez-vous ? demanda Marceline.

— En dernier lieu, je viens du château de Miremont où, en l'absence du jeune maître, qui est fort orthodoxe, l'intendant m'a donné un libre accès dans la maison. J'ai vendu beaucoup de traités parmi eux, et nous avons fini par tenir une réunion de prières. Je n'ai pas prêché, vous savez que je ne suis pas consacré, je voudrais bien être consacré.

— Comment êtes-vous devenu ce que vous êtes ? je me suis souvent demandé cela.

— Je vais vous raconter mon histoire, Marceline.

— Tout à l'heure, tout à l'heure, finissez d'abord votre souper.

— Je veux bien, et je vous ferai mon récit au coin du feu.

Il acheva promptement son souper, tout en réfléchissant profondément, puis, attirant sa chaise en face du feu, il commença ainsi :

— Mon père était imprimeur à Paris, mon oncle était libraire à Meaux. Mon oncle vendait les livres qu'imprimait mon père sous le patronage de Briçonnet, le bon évêque. Dans le nombre se trouvaient beaucoup de livres de controverse, hérétiques aux yeux des papistes. Le bon évêque n'était pas de cet avis, il les répandait abondamment, et attirait dans son diocèse les gradués favorables aux doctrines réformées. Il daignait souvent causer avec mon oncle à ce sujet. Mon oncle, qui n'avait point d'enfants, adopta mon frère Mélan, dans l'intention de lui laisser son fonds de commerce. Dans l'intervalle les Cordeliers avaient dénoncé l'évêque comme fauteur d'hérétiques, il fut cité devant le Parlement et renvoyé avec une amende et une légère réprimande. Les coupables d'un rang inférieur furent traités plus durement, plusieurs furent marqués d'un fer rouge à Meaux, puis bannis. J'étais enfant alors et en visite chez mon oncle ; j'assistai avec mon frère Mélan au supplice de ces hommes, qui produisit sur nous une impression profonde. L'un d'eux, nommé Leclerc, m'avait souvent tenu sur ses genoux et m'avait donné des bonbons, je me sentis défaillir en entendant son front pétiller sous le fer rouge, mais sa mère, qui avait le cœur plus ferme que moi, l'embrassa avec joie un moment après en s'écriant : Gloire soit à Christ et à ses marques ! Ces paroles pénétrèrent dans mon cœur plus avant que le fer rouge dans sa chair. Mélan et moi nous couchions dans la même chambre, nous en causions le soir, et nous sentions le zèle du martyre qui embrasait nos jeunes cœurs. Il aspirait à devenir ministre réformé, je disais que je me contenterais de distribuer des livres et de les recommander. Lorsque mon oncle apprit le désir de Mélan, il le combattit par crainte naturelle des conséquences ; mais voyant que la perspective du danger ne l'effrayait pas, il finit par céder à ses vœux, et l'envoya à Genève. Il désirait alors me prendre à sa place dans sa boutique, mais mon père regrettait de perdre immédiatement le seul enfant qui restât sous son toit, et pendant que l'affaire était pendante, le protecteur de mon oncle, le bon évêque, fut obligé de se réfugier auprès de la reine de Navare, qui le défendit jusqu'à sa mort; il mourut dans sa centième année.

Mon oncle s'aperçut alors que ses pratiques diminuaient beaucoup, et qu'on le regardait avec soupçon. Cela le rendait timide et pesait sur son esprit. Nous apprîmes le martyre de Leclerc qui avait été exilé à Metz. Il avait abattu une image, et, en punition, il eut le nez et la main droite coupés, on lui plaça sur la tête une couronne de fer rouge et on finit par le brûler vif.

Sa mère ne put résister plus longtemps, elle devint folle, puis tomba dans une maladie de langueur et mourut. Mon oncle, qui était un de ses vieux amis, me menait souvent la voir. Ses paroles ne faisaient qu'exciter mon ardeur pour la cause; enfin mon oncle céda à mes ardentes prières et me permit d'entre- prendre le transport des livres interdits jusqu'aux villes où on les demandait, je ne me chargeais pas encore de les distribuer de maison en maison. J'étais sur le point d'entrer dans la maison de mon oncle lorsqu'une émeute vint à éclater à Meaux, la populace entra dans la boutique de mon oncle, la pilla et brûla ses livres. Cela lui fit tant de chagrin qu'il ne s'en releva plus, il languit, puis mourut. Pendant le cours de sa maladie, je pris soin de lui, mais ses affaires allaient toujours en diminuant, et à sa mort ce n'était presque plus rien. Je retournai alors chez mon père, et je travaillai dans son imprimerie pendant cinq ans. Au bout de ce temps, un champ plus vaste s'offrit à mes travaux pour le transport des livres dans différentes parties de la France. Ma vie devint aventureuse, périlleuse, mais pleine d'intérêt pour moi. Parfois je traversais le sentier de mon frère Mélan, et nous trouvions moyen de nous assister mutuellement. La mort de mon père me retint quelque temps à Paris. Pendant son veuvage, ma mère ne pouvait pas supporter que je m'éloignasse d'elle, et elle souhaitait de me voir conduire les affaires de mon père. Mais à sa mort je vendis le fonds à un ami, en me chargeant d'écouler tous les ans dans mes voyages le plus de marchandises que je pourrais, et je pris un permis de colportage, trouvant qu'il était plus facile de m'ouvrir un chemin sous le prétexte des objets que j'avais à vendre. Voilà, Marceline, les principaux traits de ma pauvre histoire.

Marceline allait répondre, lorsque Colette et Christophe entrèrent précipitamment.

— Bertrand ici ! s'écria Christophe. On vient d'arrêter votre frère et Farel. La réunion a été interrompue, et on les a environnés.

— Ne vous l'avais-je pas dit ? s'écria Bertrand, je savais qu'il n'y avait rien de bon à attendre lorsqu'on se fierait à Jacques Guitard.

— Guitard n'a eu rien à faire avec tout ceci, repartit Christophe, du moins que je sache ou que je puisse supposer.

— Ah ! cet homme-là ne vaut rien, dit Marceline, ceux qui se fient à lui s'en apercevront tôt ou tard ; il n'a au fond du cœur aucun goût pour les réformés, comment pourrait-il en avoir ?

— Je ne sais pas alors pourquoi il se mêlait avec eux, dit Christophe, car ils ne sont pas de bien sûre compagnie. Pourquoi aurait-il permis qu'on se réunît chez lui ?

— Pourquoi ? pour trahir ! repartit Marceline. Quel bonheur que vous ne fussiez pas là, Bertrand, on vous aurait arrêté avec les autres !

— Sans aucun doute, dit Bertrand, mais j'ai peur qu'ils ne s'en tirent pas aussi facilement que j'aurais pu faire. Je vais aller voir Grégoire, pour causer avec lui de ce qu'il peut y avoir à faire.

— Il me semble que vous feriez mieux de vous sauver pendant que vous le pouvez! dit Marceline.

— Me sauver, et laisser Mélan en prison? dit-il en souriant. Si j'avais été à l'autre bout de la France, la première nouvelle de sa captivité m'aurait ramené au Puy.

Marceline, honteuse de ce qu'elle avait suggéré, le regardait en silence faire ses préparatifs de départ.

— Adieu! mes amis, dit-il, nous ne savons pas quand nous nous reverrons; mais vous pouvez faire pour les prisonniers du Seigneur ce que la primitive Église faisait sans relâche pendant que Pierre était dans les chaînes.

Après avoir serré la main aux deux femmes, il quitta la maison accompagné de Christophe, qui dit qu'il voulait le suivre au moins jusques chez Grégoire.

Lorsqu'ils furent partis, la tante et la nièce s'assirent ensemble, tristes et gardant le silence; la cause commençait à leur devenir très-chère, surtout dans la personne de quelques-uns de ses adhérents. Marceline, se rappelant l'avis de Bertrand, se mit à prier dans son cœur ; puis elle demanda à Colette comment on avait interrompu la réunion, et lui raconta ce que Bertrand lui avait dit de son histoire personnelle. Après quelque conversation à ce sujet, elles retombaient dans le silence, lorsque Colette s'écria tout d'un coup :

— Je voudrais bien savoir si la sœur de l'Évêque pourrait lui venir en aide, à Mélan de la Vigne, je veux dire, elle doit être attachée secrètement à la cause, sans cela elle ne se serait pas exposée à de si grands risques, et elle doit quelque reconnaissance à Christophe qui l'a protégée. Ne pourrait-on pas peut-être la décider à demander à l'Évêque de relâcher les prisonniers ?

— Peut-être, dit Marceline, mais vous sentez-vous le courage de le lui demander ?

— Bien certainement, dit Colette.

— Ah ! ma chère Colette, il n'est pas aisé d'avoir accès aux maisons des riches. Comment faire pour être admise auprès d'elle ?

— Fiez-vous à moi pour en trouver le moyen, dit Colette, je prendrai un panier de dentelles à mon bras, et je demanderai à voir sa première femme de chambre qui est la nièce de M. Farel. Des temps comme ceux-ci aiguisent l'esprit des gens.

CHAPITRE XIII

ENTRE DEUX OPINIONS

Madeleine de Saint-Nectaire, entourée de pelotons de fil d'or et d'argent, d'écheveaux de soie aux couleurs éclatantes, et de livres reliés en velours et en or, dont l'un, le « Miroir de l'âme pécheresse », était ouvert devant elle, avait l'air d'une personne très-affairée, si elle n'en avait que l'air. Il faut avouer qu'elle n'avait pas tourné un feuillet depuis près d'une heure, et que la bande de satin blanc qu'elle avait sur ses genoux et qui devait sans doute porter quelque jolie devise, ne présentait encore qu'un seul mot fort significatif : « Amour ».

Madeleine fut arrachée à ses réflexions par l'en-

11.

trée de sa femme de chambre, Mélanie, qui lui dit
qu'elle venait de voir une jeune fille, fort désireuse
d'être admise auprès d'elle pour lui montrer de très-
belles dentelles ; elle ajouta en souriant que mademoiselle serait peut-être bien aise de se pourvoir pour
une certaine occasion.

Madeleine tressaillit et donna l'ordre de faire en-
rer la jeune fille. Au bout d'un instant, Colette, parée de son plus beau chapeau de feutre, avec une
plume pendante et une boucle dorée, fut introduite
par Mélanie. Dès que Colette aperçut Madeleine elle
rougit d'agitation et d'embarras, tandis que Madeleine la regardait attentivement et avec une certaine
perplexité.

— Il me semble, dit-elle, que je vous ai déjà vue
quelque part, ma bonne fille.

— Oui, mademoiselle, dit Colette en baissant la
voix... c'était... Puis, craignant de dire devant Mélanie ce que sa maîtresse ne voulait peut-être pas
qu'elle sût, elle découvrit vivement son panier, et se
mit à en étaler le contenu.

— Voilà l'ouvrage de ma tante, dit-elle en dé-
pliant un beau voile, elle travaille d'ordinaire pour

un marchand qui prend tout ce qu'elle peut avoir à
vendre, mais ce voile a été pour elle un amusement,
elle l'a fait pour satisfaire ses fantaisies. Mademoiselle voit que le bord est orné de toutes sortes
d'emblèmes, entourés de guirlandes de roses et de
chèvrefeuilles.

— Laissez-moi voir. Oh! oui, je vois, dit Madeleine. Quelle charmante idée! Voyons, dites-moi ce
ce que c'est que c'est que cela? voilà une enclume
avec un marteau brisé à côté.

— La vérité est une enclume qui a brisé bien des
marteaux, dit Colette.

— Est-ce là ce que cela veut dire, ma fille? Que
porte cette banderolle? — Par la grâce de Dieu, je
suis ce que je suis, *gratia Dei, sum quod sum!* Mais
c'est la devise de la reine de Navarre!

— C'est cependant une parole de l'Écriture, mademoiselle.

— Pourquoi apportez-vous ici ce voile énigmati-
que? vous auriez dû le porter chez quelque héroïne
des réformés.

— Je croyais que mademoiselle en était, dit Colette
bien bas.

— Pourquoi donc ? dit Madeleine en tressaillant.

— D'abord vous les appelez des réformés et non des hérétiques.

— Pauvres gens, ils sont consciencieux. Eh bien, pourquoi se servir de vilains mots ?

— Et puis j'ai vu mademoiselle dans les réunions, dit Colette, baissant toujours la voix.

— Ah ! dit Madeleine rougissant tout d'un coup, j'étais à genoux auprès de vous ? Vous pouvez vous retirer pour le moment, Mélanie. Mélanie est pourtant réformée, dit Madeleine lorsque sa suivante se fut retirée, mais, ajouta-t-elle plus bas, mon page seul sait que je me suis rendue à cette réunion.

— Seul, mademoiselle ?

— Seul dans le palais, je veux dire. Et d'ailleurs, je ne savais pas que vous m'eussiez reconnue. Mais je n'ai pas oublié depuis ce que je devais à votre frère, et si je ne l'ai pas cherché pour vous en donner quelque preuve, c'est que cela était trop dangereux. Vous ne savez pas dans quelle situation je suis, si mon frère apprenait que je suis allée à cette réunion, et que j'y suis allée ainsi, je perdrais à tout jamais sa bonne opinion.

— C'était extrêmement dangereux, certainement, dit Colette.

— C'était de la folie, me trouvant sans protection, dit Madeleine avec émotion, et j'ai été bien près d'être découverte.

Après un moment de silence, elle reprit : — Vous ne vous trompez pas en croyant que je suis favorable aux réformés. Je me suis rendue à plusieurs réunions de prières chez ma bonne nourrice, mais je ne serais pas allée chez Grégoire si j'avais eu le temps de réfléchir. Farel est un cousin du fameux Farel, et sans l'égaler en réputation, c'est pourtant un assez bon prédicateur pour exciter la curiosité. Mélanie est sa nièce, elle était allée à une noce lorsqu'on vint dire que son oncle était arrivé inopinément, et qu'il allait prêcher chez Grégoire. Claude m'apporta le message, et m'entendant exprimer le regret que Mélanie fût absente et ne pût m'accompagner, il me pressa de le prendre pour ma suite, et j'y consentis trop légèrement. Je n'ai pas besoin de dire combien j'ai regretté cette folie, ni la reconnaissance que j'éprouve pour votre frère. Dites-moi, y a-t-il quelque moyen pour moi de lui être utile ?

— Oui, mademoiselle, bien certainement, dit Colette avec vivacité, il ne demande rien pour lui-même, mais M. Farel et Mélan de la Vigne sont en prison et la plus grande faveur que vous pûssiez faire à Christophe serait de prier Monseigneur l'Évêque de les relâcher.

— Certes, vous êtes décidée à mettre ma reconnaissance à une rude épreuve, dit Madeleine gravement. Ceci est une affaire publique et non privée, je ne sais pas si je puis m'en mêler. D'ailleurs, il est bien possible qu'ils soient mis en liberté après leur interrogatoire, sans que j'intervienne là-dedans.

Colette secoua la tête.

— Il y a bien longtemps qu'on les guette, dit-elle, ils n'échapperont pas si aisément.

— Eh bien, s'il en est ainsi, ne sera-t-il pas temps alors pour moi de faire quelque chose ?

— Non, damoiselle, pardonnez-moi, dit Colette. Si Sa Grâce est disposée dès le début à user d'indulgence envers les prisonniers, il les écoutera favorablement, et les Consuls seront tout prêts à le suivre ; mais s'ils sont une fois mis en accusation, la tâche deviendra plus difficile, peut-être impossible.

— Cela peut être vrai, dit Madeleine d'un air troublé, car dans ce moment-ci, on est très-monté contre les réformés, et les magistrats, comme le clergé, pourraient être bien aise de faire un ou deux exemples pour effrayer les autres. Mais ne voyez-vous pas que cela augmente pour moi la difficulté et le danger de l'intervention?

— Pensez à leur danger, mademoiselle, dit Colette, il y va probablement du bûcher, tandis que vous, avec quelques paroles...

— Il est aisé de dire... quelques paroles..., dit Madeleine, mais cela entraîne souvent plus loin qu'on ne pense. Combien de gens qui manquent à tout ce qu'ils se doivent mutuellement, tout simplement parce qu'ils se sont dit quelques paroles...

— Mais il n'est pas nécessaire de se quereller, damoiselle, persista Colette, seulement quelques paroles de compassion, de prière...

— Cela pourrait mener à une querelle cependant, comme vous dites, repartit Madeleine. L'Évêque me demandera naturellement pourquoi j'use de tant d'instances.

Colette gardait le silence, une larme tomba de ses yeux, elle se mit à plier le voile.

— Je veux avoir ce voile, dit Madeleine, combien est-ce ? Si peu ? oh ! prenez cela !

Colette retira la main au moment où Madeleine lui tendait trois fois ce qu'elle avait demandé. Il lui semblait qu'on voulait la payer pour abandonner les prisonniers à leur sort, et elle ne voulait pas accepter, même indirectement, une récompense pécuniaire des services de Christophe puisqu'il l'avait refusée au moment même.

Madeleine vit et comprit le sentiment de Colette. Après un moment de silence, elle agita une petite sonnette d'argent, et lorsque son page entra, elle lui donna l'ordre de demander pour elle à l'évêque la permission de lui parler le plus tôt possible.

— Sa Grâce est déjà sortie, mademoiselle, répondit Claude, et ne rentrera qu'à l'heure du dîner.

Au même instant on entendit la voix joyeuse du seigneur Guy qui arrivait par le corridor.

— Ah ! vous voyez que c'est trop tard, dit précipitamment Madeleine à Colette. L'occasion dont je voulais profiter est perdue, j'en suis bien fâchée, et je suis bien fâchée aussi que vous ne vouliez pas me permettre de vous payer ce voile ce qu'il vaut, ajouta-t-elle en le pliant en toute hâte et en le mettant de côté de peur que son amant n'aperçut les devises protestantes, mais, pour le moment, je suis occupée et je n'ai pas le temps de vous parler. Vous pouvez donc vous retirer, dit-elle vivement en entendant le seigneur Guy qui approchait.

Collette rougit, et, reprenant son petit panier, elle fit la révérence, et se retira, fort triste du mauvais succès de son entreprise.

— Comme j'étais folle, se disait-elle, en s'éloignant lentement, de compter sur le zèle des grandes dames ! Comme il est difficile de nourrir l'amour de Dieu dans un palais ! Là, tout me semble fait pour le repousser, tout est destiné à plaire aux yeux et à éloigner le cœur de Dieu. Cette jeune dame avait l'air d'être remplie de piété quand elle était à genoux à côté de moi dans la cuisine de Grégoire, mais maintenant elle ne pense qu'à sa belle noce et à son amant, et cela n'est pas étonnant.

Si le seigneur Guy était entré immédiatement, Madeleine n'aurait pas eu le loisir des regrets et du repentir, mais il avait rencontré le fauconnier de l'Évêque qui lui parlait de certains gerfauts, en sorte que Madeleine fut abandonnée pendant quelques minutes à des pensées peu satisfaisantes. Son front était donc légèrement chargé de nuages lorsque Guy rentra enfin dans le salon.

— Qui était cette jolie paysanne que j'ai rencontrée sur l'escalier ? demanda-t-il gaîment.

— Est-elle jolie ? répondit Madeleine d'un air distrait. Je n'y ai pas fait attention.

— Pas en comparaison avec vous, adorable Madeleine, dit Guy, c'est seulement une fille de campagne aux joues roses avec l'air plus pensif qu'elles n'ont d'ordinaire.

— Elle était venue me montrer des dentelles. Avez-vous vu mon frère ce matin ?

— Je viens de le quitter. Il se rendait à la salle du chapitre pour interroger les hommes qu'on a arrêtés hier soir.

— Ah ! j'aurais voulu lui parler d'abord ; il les relâchera, j'espère, Guy.

— Cela ne paraît guère probable. Au contraire, il y a bien des chances pour qu'on en fasse un exemple, attendu qu'un nouveau crime a été commis cette nuit.

— Ah ! quel malheur ! Et ses larmes étaient sur le point de couler.

— On a pénétré dans l'oratoire de la place du Mactourit, on a brisé le crucifix et traîné les ex-voto dans les rues. On dit qu'il y a eu une espèce d'émeute.

— Mais ces pauvres gens n'y étaient pour rien, puisqu'ils étaient en prison.

— Ils ne peuvent pas avoir pris une part active au désordre, mais ils l'avaient probablement excité, et l'évêque croit qu'un châtiment exemplaire peut seul suffire à arrêter l'accroissement évident de leur funeste influence. Remarquez bien que lors du premier crime, la voie du peuple s'élevait contre les criminels, cette fois elle est en leur faveur.

— *Vox populi, vox Dei*, dit Madeleine. Oh ! non, en Dieu, il n'y a aucune variation, ni aucune ombre de changement.

— C'est ce que j'allais dire, reprit Guy ; le peuple, comme vous voyez, soutient une chose aujourd'hui, et le contraire le lendemain.

— Eh bien ! puisqu'il soutiendra autre chose demain, pourquoi punir si sévèrement les fautes d'aujourd'hui ?

— Les instigateurs de leurs fautes c'est-à-dire, répondit Guy. C'est précisément parce que les hommes
de la trempe des prisonniers ne se laissent pas in-
fluencer au souffle de l'opinion populaire; ils la
dirigent au lieu de la suivre, et peu importerait que
le peuple en leur absence retournât à ses anciennes
idées si nous leur permettions de rester présents et
de les maintenir dans l'erreur.

— Retranchez-les de notre sein alors, dit Madeleine, ce sera bien suffisant

— Nous allons les retrancher de notre sein, dit
Guy gravement.

— Oh ! pas de cette façon ; et elle se mit à pleurer.

— Ma chère Madeleine, vos larmes me vont toujours au cœur ! Fi donc, vous allez gâter votre morceau de satin blanc, et ternir votre fil d'argent, dit
Guy d'un ton de plaisanterie. Allons, laissez-moi voir
quelle jolie devise vous brodez là. « Amour ! » est-ce
pour moi ?

— Oh ! Guy, je ne puis penser pour le moment
qu'à ces pauvres malheureux.

— Ne les plaignez pas tant. Ils seront enchantés
d'être martyrisés, nous serons enchantés de faire

des martyrs, ainsi tout le monde sera content.

— Guy, comment pouvez-vous?...

— Comment puis-je quoi? ma chère! C'est une simple question de fait. Ils seront ravis d'être brûlés, et vous prodiguez inutilement votre divine compassion.

— Il est grand sans doute, dit-elle avec solennité, de mourir pour la vérité.

Et ses yeux s'illuminèrent d'une telle ferveur que son amant en devint tout sérieux.

— Pauvres gens! dit-il, s'ils possédaient la vérité votre compassion serait véritablement inutile, comme je le disais tout à l'heure en plaisantant. Mais ce qu'il y a de pis, c'est qu'ils s'apercevront de leur terrible méprise quand leur sentence en ce monde sera exécutée.

—Est-ce une raison pour les en faire sortir si brusquement? s'écria Madeleine. Mais cela me paraît le comble de la folie et de la cruauté que de chasser un homme d'un monde où il pourrait encore se convertir, parce que vous croyez qu'une souffrance sans relâche l'attend dans le monde à venir. Guy, il faut que je voie mon frère.

— Il sera rentré avant la fin de notre promenade à cheval.

— Je ne puis pas monter à cheval ce matin, j'ai mal à la tête, je ne sais que faire ; et elle se leva et se mit à marcher dans sa chambre à pas précipités.

— Et s'ils possédaient la vérité? dit-elle en s'arrêtant tout d'un coup devant son amant.

— Et s'ils ne la possédaient pas? répondit-il en souriant.

Elle se détourna avec impatience et se mit à jouer avec son petit chien. Claude entra, disant :

— Mademoiselle, Sa Grâce vient de rentrer.

— Déjà ! dit-elle en changeant de couleur. Demandez lui pour moi la permission de le voir immédiatement.

— L'interrogatoire a été court, dit-elle à Guy. Ils sont condamnés ou acquittés.

— Ils ne sont pas acquittés, comptez-y, répondit-il.

— Je ne puis rester dans l'incertitude. Vous m'excuserez, je le sais. Je suis sûre que mon frère peut me voir.

Et sans attendre le retour de son page, elle s'en-

veloppa d'un voile léger, et, quittant un peu brusquement le seigneur de Miremont, elle se hâta de
traverser le cloître pour se rendre au cabinet de
l'Évêque.

———

CHAPITRE XIV

INTERCESSION

— Vous ici, ma sœur? dit l'Évêque en tournant vers elle un regard un peu préoccupé. Je venais de prier Claude de vous demander de me permettre de vous faire attendre un peu, en disant que je viendrais vous voir au retour de votre promenade. Peu importe, vous êtes troublée, ma chère Madeleine, dit-il; et son front s'éclaircissait en parlant à sa sœur et en la conduisant à un siége. — Qu'avez-vous?

— Mon frère, je venais vous parler de ces pauvres gens.

— Je l'avais deviné. C'est une œuvre d'humanité bien digne de vous, mais leur sort est scellé.

— Ah! ne me dites pas cela, et elle se mit à pleurer.

— Je regrette de vous voir du chagrin, ma chère sœur, mais il faut bien que justice se fasse.

— Et pourquoi pas miséricorde?

— La justice est souvent la miséricorde la plus réelle pour la masse, sinon pour le petit nombre.

— Et pourquoi excepter le petit nombre.

— Dieu seul peut pourvoir au salut des individus comme de l'espèce humaine. Pour nous, si nous visons à l'avantage des individus, il est rare que l'avantage général n'en souffre pas, et si nous pouvons assurer l'avantage général, il faut parfois nous résoudre à voir souffrir des individus. Cela arrive si constamment dans tous les événements de la vie, que je m'étonne, ma chère Madeleine, que vous en soyez encore surprise.

— Je ne veux pas discuter les faits généraux, mon frère, je veux seulement vous parler de ces pauvres gens en particulier. Les voilà, dites-vous, convaincus d'hérésie?

— Et d'entraîner les autres dans l'hérésie.

— Et au lieu de raisonner avec eux, vous les brûlez! quel bien cela peut-il faire à leurs âmes?

— D'abord, ils sont encore libres d'abjurer leur

12

hérésie et de sauver ainsi leurs corps et leurs âmes ;
en second lieu, s'ils persistent dans leur péché, ils
peuvent servir d'exemple pour intimider et sauver
les âmes des autres.

— Qu'y a-t-il de prouvé contre eux ?

— La prédication de l'hérésie.

— Quelle est leur sentence ?

— Le bûcher.

— Antoine, vous étiez autrefois si miséricordieux !

Il changea légèrement de couleur.

— On citait toujours votre compassion et votre
bonté de cœur. Il y a eu un temps où vous n'auriez
pas tué une mouche.

— Je ne le ferais pas maintenant, si je pouvais
l'éviter.

— Ah ! vous pourriez éviter de brûler ces hommes.
Vous dirigez à votre gré le chapitre et les autorités
civiles.

— Je ne puis changer mon propre jugement ni
agir contrairement à mon jugement.

— Croyez-vous véritablement que vous serviez
Dieu en commettant cette action ?

— Je le crois.

— Cette foi ne peut pas être la vraie, dit-elle en poussant un profond soupir, et en se levant. Une Église persécutrice ne peut pas être la véritable Église. Naguère, je croyais implicitement tout ce que vous me disiez de croire, je vous donnais raison dans toutes vos actions, je ne le puis plus, maintenant.

— J'en suis bien fâché, Madeleine, non-seulement parce que votre affection et votre confiance me sont très-précieuses, mais parce votre salut m'est plus cher encore. Écoutez, ma sœur, écoutez cette parole de Dieu que vous aimez tant. Écoutez ce que dit Saint Paul : — Sache au reste que dans les derniers jours, il y aura des temps fâcheux, car les hommes seront amateurs d'eux-mêmes... traîtres, emportés, enflés d'orgueil... ayant l'apparence de la piété, mais ayant renoncé à sa force. Eloigne-toi de ces gens-là, de ce nombre sont ceux qui s'introduisent dans les maisons et qui exploitent l'esprit de certaines femmes chargées de péchés. »

— Je vous remercie de l'application, mon frère. J'espère ne pas être une de ces femmes chargées de péchés, et aucun homme de ce genre ne s'est introduit dans ma maison. En dépit de l'inflexion pénétrante que vous savez donner à la lecture d'un passage abrégé et dénaturé (car je le sais par cœur), je le trouve parfaitement inapplicable.

— Je ne permets pas qu'on me dise que je dénature un passage, dit l'Évêque en fronçant légèrement le sourcil, quoique j'aie certainement négligé ce dont je n'avais pas à faire. Vous venez d'appeler notre Église une Église persécutrice; les amis et les partisans des criminels regardent toujours leurs juges comme des persécuteurs; les coquins ne seront-ils donc jamais marqués, les meurtriers jamais pendus, les hérétiques jamais brûlés?

— Mon frère, cela ne réussira pas. Les hommes aiment la cruauté et la qualifient de justice.

— Cela est partout, Madeleine; notre Église n'est pas la seule. Calvin est aussi intolérant, aussi dur, aussi revêche qu'homme au monde. Ah! ma sœur, quels résultats entraîne le mauvais caractère! Si ce monde-ci avait un bon caractère, la terre serait en paix. Adieu, j'attends des gens qui ne doivent pas vous trouver ici. Retirez-vous pour le moment, je viendrai bientôt chez vous.

Madeleine fut donc obligée de se retirer à son

grand regret; à peine l'Évêque eût-il refermé la porte qu'il s'assit, cacha sa tête dans ses mains et s'abîma dans de pénibles pensées.

Cette nuit-là, une lueur d'un rouge livide éclaira les vieilles rues du Puy, pénétra dans le palais de l'Évêque, illumina le cachot des prisonniers, la nef de la cathédrale, la chambre du riche bourgeois, le pauvre logis de l'artisan, et se répandit au loin dans le pays, éclairant les retraites montagneuses des chefs féodaux comme un vaste étendard de destruction flottant sur une ville condamnée. Le feu était au Puy.

On avait tenu dans la soirée une petite réunion de prières chez Geneviève Souvestre. Bertrand, Victor, Grégoire, Christophe, Marceline, Colette et Gabrielle s'y trouvaient. Bertrand intercédait pour son frère et pour Farel, il luttait avec Dieu, implorant, suppliant; tout le monde pleurait. Tout d'un coup, la petite chambre fut illuminée d'une lueur rougeâtre, chacun se releva, et on s'élança vers la porte. Au premier abord, la maison semblait environnée de flammes, comme si on allait avoir un auto-da-fé, sur une grande échelle. Les hommes se regardaient d'un air sombre,

— 12.

les femmes se pressaient avec effroi l'une contre l'autre ; au bout d'un instant, on s'assura que la retraite n'était pas absolument coupée, on vit que certaines rues de la ville basse étaient complètement en proie aux flammes, les flots de fumée, s'élevant sur les hauteurs, suffoquaient presque ceux qui les habitaient.

— Peut-être ceux qu'ils condamnent aux flammes, périront-ils dans les flammes ! dit Grégoire en pressant Gabrielle contre son cœur. Loué soit Dieu, ma fille, de ce que tu es ici en sûreté ! Notre petit mobilier pourra être détruit, mais nous n'avons pas assez des biens de ce monde pour en être inquiets, je vais y voir cependant, et chercher Fabien qui est probablement au plus épais du tumulte.

— Allons aussi, dit Victor, peut-être pourrons-nous sauver la vie et les biens de gens aussi pauvres que nous.

— Mon frère ! s'écria Bertrand. Il va périr misérablement étouffé par la fumée comme une guêpe dans son nid.

— Il faut d'abord voir à cela, dit Christophe, nous voilà nombreux ici, et nous pourrions faire quelque chose si le vent soufflait de ce côté.

Se pourvoyant de cordes, de seaux et de pieux, les hommes s'élancèrent dans la direction du danger, pendant que les femmes se glissaient timidement du même côté, ou restaient en plein air à regarder l'incendie, isolément ou par groupes. La mère Suzanne et sa voisine Geneviève causaient ensemble, Colette se sentait attirée instinctivement vers le théâtre de l'action, chacun était dans la rue, les rugissements des flammes étaient presque couverts par le bruit des voix, on voyait des figures noires souillées par la suie et par la fumée, qui sautaient de poutre en poutre dans les maisons enflammées, d'autres faisaient circuler des seaux vides ou pleins, d'autres sauvaient des enfants et des infirmes ; les uns enlevaient des meubles, les autres emportaient des malades et des blessés dans leurs bras ou dans des litières, quelques-uns pleuraient la perte de leurs biens. « Qui a fait cela ? Qui a mis le feu à la ville ? — Les hérétiques, répondaient de nombreuses voix ! — Les hérétiques seront brûlés pour leur peine ! » s'écria d'un ton vindicatif un homme qui avait tout perdu.

A un certain moment, le feu semblait gagner du

côté du palais de l'Évêque. Madeleine, pâle et tremblante dans les bras de son fiancé, attendait pour
fuir le moment où leur sécurité deviendrait dou-
teuse. L'Évêque était sur le théâtre du danger, dirigeant, commandant, encouragcant les travailleurs
avec un intrépide sang-froid.

Colette ne savait plus comment le temps s'était
écoulé. Lorsqu'elle revint chez elle, l'incendie durait
toujours, elle s'approcha du petit groupe qui se
trouvait à la porte de sa grand'mère, et, tout excitée, elle allait raconter ce qu'elle avait vu, mais
hélas ! personne n'avait le loisir ni l'envie de l'écouter, et elle oublia elle-même tout ce qui s'était
passé lorsqu'elle vit le spectacle qui s'offrait à ses
yeux. En rentrant après avoir contemplé l'incendie,
Marceline avait trouvé la chambre de Michel pleine
de fumée, et le feu qui couvait éclata lorsqu'elle
ouvrit la porte ; à moitié aveuglée et suffoquée,
elle chercha à tâtons son chemin pour arriver jusqu'au lit et tâcha de réveiller son neveu, mais appe-
santi par la fumée, il dormait plus profondément
encore que de coutume ; après avoir fait de vains
efforts pour le réveiller, la pauvre tante infirme

avait pris l'idiot dans ses bras, et, pliant sous le poids, avait réussi à l'entraîner hors de la chambre, mais ses vêtements avaient pris feu et elle était horriblement brûlée. Tous les hommes du voisinage étaient absents, mais les femmes s'étaient employées avec tant de zèle et de succès qu'elles avaient réussi à éteindre le feu dans la chambre de Michel, et qu'elles avaient eu ensuite le loisir de plaindre et de soigner la pauvre Marceline.

Colette fut bientôt à côté de sa tante, pour panser ses blessures et les arroser de ses larmes, tandis que Marceline supprimait toute expression de ses souffrances avec un courage qui eût fait honneur à un martyr sur le bûcher. On ne dormit guère cette nuit-là dans la petite maison. Michel monopolisa tout le sommeil. La mère Suzanne et Colette se relayaient pour calmer les souffrances de Marceline en appliquant des linges mouillés sur ses brûlures. Christophe ne revint qu'au point du jour, il dit que le feu n'avait fait courir aucun danger aux prisonniers, mais qu'il y avait eu au moins quatre ou cinq cents maisons brûlées, qu'on manquait d'eau, et qu'on se servait tout de travers de celle qu'on avait jusqu'au moment de l'arrivée de l'Évêque. L'Évêque avait vu à tout, avait tout fait marcher, avait reçu dans son palais les infirmes et ceux qui se trouvaient sans asile, et avait rétabli l'ordre dans toutes les directions. Les réformés murmuraient, entre eux que l'incendie était un châtiment de Dieu sur les catholiques, parce qu'ils voulaient brûler les prisonniers, mais les catholiques déclaraient hautement que c'était un jugement de Dieu sur la ville pour le sacrilége qui avait été commis, et criaient vengeance contre ses auteurs. Parmi ceux qu'on soupçonnait, on nommait ouvertement Bertrand, Jacques Guitard et Fabien, on les accusait même hardiment d'être les incendiaires. La ville était remplie de tumulte et de rumeur.

Le lendemain matin, on afficha partout dans la ville de grands placards, pour offrir une forte récompense à ceux qui découvriraient les incendiaires, ainsi que pour l'arrestation de Bertrand ; on annonçait un auto-da-fé solennel dans un bref délai, pour purger la ville de son péché et pour apaiser le ciel irrité ; tous les dignitaires civils et ecclésiastiques y devaient assister en grande cérémonie, ainsi que tout le peuple des fidèles pour voir le supplice des deux hérétiques notoires pour lors en prison et pour être témoins de la destruction de tous les livres hérétiques et schismatiques qui se trouvaient dans la ville.

Colette était absorbée par ses soins et sa compassion pour Marceline dont le système nerveux avait reçu un coup si rude qu'on ne savait si elle pourrait s'en remettre. Elle était également très-reconnaissante envers sa tante de ce qu'elle avait sauvé Michel, qu'elle regardait comme lui étant particulièrement confié, et dont la vie, tout inutile qu'elle pût paraître, lui était précieuse par suite de cette dispensation particulière de la Providence qui rend le crétin cher à sa famille. Pour Michel, il ne se rendait pas compte de ce qu'il devait à sa tante, il n'en était pas reconnaissant, il voyait seulement qu'elle empêchait souvent Colette de s'occuper de lui, et il passait la plus grande partie de son temps à dormir devant le feu, ou, lorsque le soleil l'attirait dehors, à s'appuyer sur le parapet en mangeant de gros morceaux de pain. Bien qu'il mangeât beaucoup, il préférait généralement la nourriture liquide aux aliments solides, mais, depuis quelque temps, il demandait sans cesse une tranche du grand-pain de ménage, ce qui faisait supposer à sa grand' mère et à sa sœur, qu'au lieu de jeter des cailloux par dessus le parapet, il jetait du pain, aussi la mère Suzanne disait-elle souvent en branlant la tête : Mauvais garçon ! mauvais garçon ! mais elle lui donnait un autre morceau de pain une minute après.

Colette quittait si rarement Marceline qu'elle ne savait guère ce qui se passait dans la ville, excepté par Christophe et par Gabrielle, qui éprouvait une sincère pitié pour Marceline et qui venait souvent la voir. Elle apprit par eux que la ville était dans une fermentation et une détresse extrêmes, l'incendie avait occasionné des pertes énormes, totalement ruiné beaucoup de gens, et dépourvu un grand nombre d'autres d'habitations et d'emploi. L'excitation contre les réformés semblait s'accroître plutôt que diminuer, et elle était fomentée, à ce qu'on croyait, par des gens mal disposés. D'autre part, Colette savait par Victor, que le nombre des réformés ou des gens disposés à se joindre à eux, se trouvait être beaucoup plus considérable qu'ils ne l'avaient eux-mêmes cru. La plupart tenaient leurs opinions secrètes, de peur des conséquences, et ils ignoraient par conséquent leur force générale, mais on commençait à se grouper, et l'on pourrait bien devenir formidable, si une occasion favorable se présentait. Ce n'était assurément pas pour le moment, la populace était altérée de sang, et les autorités faisaient des préparatifs pour la célébration complète et solennelle de l'auto-da-fé. Fabien qui, sans qu'on sût pourquoi, était soupçonné d'avoir eu part au sacrilége, s'était échappé, et on ne le voyait plus ; Guitard avait affronté les accusations, et servait comme de coutume dans sa boutique, avec un certain accroissement de popularité résultant du zèle qu'il avait mis à éteindre l'incendie qui, à un certain moment, avait menacé sa maison. Personne ne savait ce que Bertrand était devenu, il avait probablement quitté la ville.

CHAPITRE XV

Madeleine jouait le rôle d'une sœur de charité au milieu des pauvres et des malades sans asile que l'Evêque avait recueillis dans son palais, à l'admiration et à la joie sans bornes de Guy qui la voyait panser doucement une blessure, secouer des oreillers, donner à manger à un malade, soigner un enfant. Puis, suivie de regards affectueux et de bénédictions sincères, il la voyait rentrer dans sa chambre avec deux ou trois petits orphelins, jouant à ses pieds, qui absorbaient les caresses réservées d'ordinaire à ses chiens, pendant qu'elle taillait ou faisait coudre par ses femmes des vêtements grossiers pour les pauvres au détriment de son trousseau. « Je n'ai pas le temps de penser à tout

cela, » disait-elle, n'apportez pas tout cela ici, lorsqu'on soumettait à son choix des cartons remplis
d'élégants objets de mode. — Oh ! Guy, s'écria-t-elle
en ouvrant une cassette qui contenait un collier de
perles et d'émeraude que lui envoyait un parent éloigné, comme je voudrais avoir l'argent qu'ont
coûté ces joyaux pour le distribuer parmi les pauvres ! » Il la qualifiait en face du nom de sainte,
d'ange sauveur, et bien d'autres en pensaient autant dans leur cœur, mais, tout en n'étant pas dé-
pourvue, dans le cours ordinaire de la vie, de sa
part de vanité et de suffisance, Madeleine agissait
alors sous une impulsion beaucoup plus noble, la
joie de faire le bien et de soulager la souffrance,
satisfaction qui, pour une âme bienveillante et en
bonne santé, fait pâlir tous les hommages, tous les
éloges et toutes les flatteries. Elle avait d'ailleurs
dans le cœur une écharde au sujet des réformés, elle
était réformée, et elle n'avait pas osé le confesser
en face du danger. Peut-être eût-elle pu, sans se
compromettre, implorer avec succès la grâce des
deux hommes qui avaient affronté le péril devant
lequel elle avait reculé, si elle s'y était prise à

temps ; s'ils n'avaient pas été condamnés, le feu n'eût peut-être pas été mis à la ville par quelque main imprudente, et toutes les souffrances et l'irritation qui s'en étaient suivies eussent été évitées. « Voyez quel grand-feu une petite flamme peut allumer. » Le commencement de la discorde est comme de l'eau qu'on a lâchée. » C'est d'abord un petit ruisseau, puis une rivière, puis un torrent.

L'Evêque prenait tout simplement les travaux de sa sœur, comme un exemple de la vérité de ce texte : « Ou bien l'arbre sera bon, et son fruit bon, ou bien l'arbre sera mauvais et son fruit sera mauvais. » Dans son cœur, il l'aimait mieux que toute autre créature humaine, et il était ravi de lui voir mettre en œuvre toutes les vertus féminines de la charité chrétienne, mais il ne voulait pas ternir ses bonnes intentions par le développement de quelque autre sentiment moins pur, aussi évitait-il de lui témoigner ni admiration ni surprise. Il lui faisait un compliment bien plus subtil en lui racontant tous ses projets charitables, en lui demandant son avis et en lui disant le sien, comme s'ils n'avaient entre eux qu'un cœur et qu'une âme.

Madeleine jouissait vivement de cette confiance.
Un jour, il lui avait parlé avec un abandon et des
détails inusités de l'inquiétude que lui causaient la
misère et l'agitation de la populace, les larmes
vinrent tout à coup aux yeux de la jeune fille, et
elle s'écria : Les pauvres prisonniers !

— Trois personnes sont mortes misérablement
dans l'incendie, dit l'Évêque, nous ne pensons plus
à elles si ce n'est pour soulager leurs familles et
cependant leurs souffrances ont été aussi grandes
que le seront celles de Farel et de La Vigne. C'étaient
des victimes innocentes, mais ces hommes ont violé
les lois. La loi exécutera donc sa sentence sur leurs
personnes, d'autant mieux que leurs misérables
adhérents sont soupçonnés d'avoir allumé l'incendie
qui a fait périr ces pauvres gens et qui en a mis en
danger tant d'autres.

Madeleine resta muette, l'Évêque lâcha la main
qu'il tenait et s'éloigna.

Une heure après, elle entrait dans son cabinet,
pâle comme le marbre.

— Mon frère, si ce malheureux Bertrand vous
conjurait de lui donner accès auprès de Mélan

de La Vigne, lui accorderiez-vous un sauf-conduit?

— Non, Madeleine.

— Mon frère, si vous et moi nous trouvions dans une aussi triste situation, et si je demandais...

Il écrivait et ne leva pas la tête, mais il fit un signe de tête négatif.

— Oh ! si j'étais condamnée et si vous demandiez...

Il continua d'écrire comme s'il ne l'entendait pas. Une larme tomba sur le papier par-dessus son épaule.

Il acheva de signer son nom, puis lui tendit le papier.

— Tenez, dit-il avec émotion, j'écrivais cet ordre quand vous l'avez taché. Folle que vous êtes ! Petite sotte ! vous croyez que tout le monde est dur comme pierre, vous exceptée. Je sais très-bien que j'ai tort de vous donner cette satisfaction, que je vous fais une concession dont on pourra abuser au détriment du public, mais je sais aussi que je vous fait plus de plaisir qu'en vous donnant une rivière de diamants, et vous avez tant de bonnes qualités en dépit de votre entêtement et de vos fantaisies que j'aime à vous faire plaisir. Maintenant prenez votre sauf-conduit, et envoyez-le, comme vous voudrez, à l'homme que cela regarde ; seulement qu'il fasse attention aux conditions, sa liberté ne sera respectée ni une heure avant, ni une heure après le terme indiqué.

Elle jeta les bras autour du cou de son frère et l'embrassa en dépit de sa douce résistance.

— Fi ! fi ! personne ne caresse les évêques, pas même leurs sœurs, disait-il.

Néanmoins, Madeleine n'avait point l'air confus, elle le quitta en sautant presque aussi gaie que l'alouette. Après tout, elle était jeune et elle avait le cœur content.

Elle traversa donc joyeusement les galeries et les antichambres qui séparaient son établissement de celui de son frère ; puis arrivant chez elle, elle lut le petit papier et, en lisant, elle devint grave. Au bout d'un moment de réflexion, elle sonna Mélanie et dit :

— Faites entrer.

Mélanie la regarda fixement avant de sortir, puis, l'instant d'après, elle amena Bertrand.

Il avait vieilli depuis la semaine précédente, il

avait l'air hagard, épuisé, sa barbe était en désordre, sa pâleur mortelle, et lorsqu'il essaya de parler, ses lèvres étaient desséchées, et sa langue restait attachée à son palais.

— Voilà ce que vous demandez, lui dit Madeleine avec la plus profonde compassion.

— Est-il possible ? dit-il à voix basse, et il fondit en larmes.

— Vous êtes épuisé, dit Madeleine en pleurant aussi. Du vin, Mélanie, et prenant la coupe elle la lui offrit elle-même.

Bertrand ne pouvait pas parler, mais il repoussait le vin. Elle le pressa d'accepter, il prit la coupe, et essaya d'avaler, mais ses larmes se mêlaient au breuvage. — C'est la faiblesse, dit-il d'un ton d'excuse, et, faisant un effort, il avala à grand'peine quelques gouttes de vin.

— Vous avez été pourchassé, vous êtes à moitié mort de faim et d'inquiétude, dit Madeleine.

— Plût à Dieu que ce fût tout ! dit Bertrand, vous ne savez pas, mademoiselle, combien nous nous aimions ! Elevés ensemble dans notre enfance, nous avons souvent été depuis séparés dans la vie, mais nous avions embrassé la même cause, et nous nous retrouvions avec la même affection, et maintenant... Et ses larmes recommencèrent.

— Vous n'auriez donc pas pu soutenir votre cause comme il l'a fait ? demanda Madeleine.

— A Dieu ne plaise que je pusse y faillir ! dit Bertrand.

— Vous n'aspirez donc pas à la couronne du martyre, et vous ne la trouvez pas digne d'être achetée au prix de quelques heures de souffrance ?

— Je crois qu'elle ne serait pas chèrement achetée au prix d'années de souffrance.

— Alors, mon bon Bertrand, ne considérez pas si tristement le sort de votre pauvre frère, et rappelez-vous qu'il aura bientôt plus de raison de pleurer sur vous que vous sur lui.

— J'y penserai, damoiselle.

— Combien le temps sera court avant le moment où nous nous retrouverons tous devant le trône éternel ! Comme cette génération sera bientôt évanouie ! et alors nous nous soucierons peu de savoir si nous avons pleuré pendant que nous étions dans ces corps mortels, lorsque nous nous réveillerons à la ressem-

13.

blance de notre Sauveur et que nous en serons rassasiés. Vous voyez, c'est moi qui prêche. Nos situa-
tions sont renversées. Maintenant, mon bon Bertrand,
laissez-vous guider par moi, our cette fois, en toutes
choses. Mangez, buvez, dormez, de façon à vous
trouver en mesure de donner à votre frère des consolations et des forces au lieu d'en attendre de lui.
Reposez-vous et remettez-vous ici jusqu'à ce que le
moment de votre entrevue avec lui soit arrivé,
je réponds de vous tant que vous serez ici et quand
vous irez le voir.

— Assurément, vous devez être un ange ! s'écria
Bertrand.

— Oh ! non, je ne suis qu'une pauvre pécheresse
indigne.

— Excellente damoiselle ! s'écria-t-il avec une reconnaissance passsionnée, il ne me reste plus qu'une
chose à vous demander. Des prières comme les vôtres
doivent ravir le royaume des cieux. Ne voudriez
vous pas vous joindre à moi pour prier pour mon
malheureux frère ?

— Volontiers, avec joie. Mélanie, fermez la
porte.

— Prions.

Il se répandait en ferventes supplications, auxquelles ses deux compagnes répondaient avec ardeur.
Tout d'un coup Madeleine entendit le pas de Guy, un
moment de plus, et il allait essayer d'entrer ! Elle se
leva sans bruit, fit signe à Bertrand de se taire, et
sortit au moment où Guy mettait la main sur le
loquet.

— Vous ne pouvez pas entrer, pour le moment,
Guy, dit-elle.

— Pourquoi donc ? répondit-il avec surprise.

— Parce que je suis occupée, dit-elle, en sortant
complètement de la chambre et en fermant la porte
derrière elle. Croyez-vous qu'il ne puisse pas m'arriver de temps à autre d'être occupée de mes propres
affaires ?

— Certainement, seulement j'ai entendu la voix
d'un homme.

— Allons donc !

— Ne l'ai-je pas entendue ?

— Est-ce qu'une pareille question mérite une
réponse ?

— Mais oui, parce que si vous admettez un

homme, pourquoi n'en pas laisser entrer un second ?

— Ah ! il faut apprendre à vous fier à moi.

— Oh ! je me fie à vous. Mais, pour me faire plaisir, donnez-moi une satisfaction, ma chère Madeleine, ai-je entendu ou non la voix d'un homme ?

— Mais vous voyez bien, fou que vous êtes, que si je vous disais que vous ne l'avez pas entendue, vous ne me croiriez pas, puisque vos oreilles, dites-vous, vous affirment le contraire.

— Je pourrais m'être trompé.

— Oh ! vous admettez cela ? Eh bien ! peut-être vous êtes-vous trompé.

— Mais je suis presque sûr que non.

— Ah ! ne vous laissez pas aller à ces impressions-là !

— Le fait est, Madeleine, et son front se contracta légèrement, que votre conduite m'a convaincu que j'avais raison.

— Voilà que vous devenez sérieux, Guy. Répondez-moi en un seul mot. Vous fiez-vous à moi ?

Son ton et son regard étaient remplis de candeur et de droiture.

— Oui ! dit-il après l'avoir regardée fixement.

— Eh bien! prouvez-le-moi. Il y a, ou plutôt il y avait quelqu'un dans ma chambre, mais personne au-dessus du rang d'un roturier, vous n'avez pas besoin de savoir si c'était un cordonnier, un coiffeur ou un gantier.

— Je crois vraiment que c'est un chanteur de psaumes hérétiques, dit Guy si soudainement et d'un air si bouffon, qu'elle rougit et ne put s'empêcher de rire.

— Vous voyez que je ne veux rien vous dire, répondit-elle, et vous m'avez promis de ne jamais rien rapporter sur mon compte à mon frère

— Ah! je vois que j'ai touché juste! dit-il en riant, retournez donc à votre conventicule! Vous êtes plus hérétique que Marguerite de Navarre, mais je ne suis pas Henri d'Albret, et lui baisant la main, il la quitta avec toute la confiance imaginable.

CHAPITRE XVI

UNE FÊTE

Les cloches de toutes les églises du Puy sonnaient
à toutes volées, les rues étaient encombrées par la
multitude qui attendait le spectacle promis, les fenêtres étaient garnies de tapisseries et de guirlandes,
les boutiques étaient fermées, non en signe de deuil,
mais parce que les marchands étaient dans la foule.
Etait-ce une noce ? était-ce la belle noce de Madeleine
de Saint-Nectaire ? Hélas ! non, il y a deux bûchers
sur la grande place. Douze mille personnes en tête
desquelles marchent l'Évêque avec ses robes épisco-
pales, les chanoines, le clergé, les porteurs d'encen-
soirs, les enfants de chœur avec leurs aubes blanches,
les Consuls avec leurs robes d'écarlate et leurs chaînes

d'or, tous les dignitaires civils et ecclésiastiques dé-
filent solennellement à travers la ville pour voir brûler deux prisonniers pâles et livides, mais qui n'ont
point faibli. On n'entend pas dans la foule une seule
exclamation de pitié, au contraire, des malédictions
et des imprécations les saluent de toutes parts, tandis
qu'ils marchent au martyre la tête et les pieds nus.
Avant le coucher du soleil, leurs cendres sont disper-
sées aux quatre vents des cieux, c'est la semence de
l'église du Christ. Leur légère affliction, qui n'a été
que pour un temps, est échangée contre le poids
éternel d'une gloire infiniment excellentes.

Avez-vous jamais remarqué, lecteur, la forme de
l'antithèse de l'apôtre? La légère affliction contre
le poids de la gloire, le temps contre l'éternité?

Alors la ville rentra dans un repos agité, le murmure sourd et indistinct qui courait dans ses rues,
comme les rugissements étouffés d'une bête féroce
gorgée d'aliments immondes, s'éteignit peu à peu,
et tout rentra dans le silence.

Un esprit pur qui aurait pu contempler la ville, ce
soir-là, avec la facilité de pénétrer dans le secret des
vies et des âmes aurait vu, çà et là, des groupes abat-

tus, causant ou gardant un triste silence autour du feu de quelque humble demeure, ou dans le parloir d'un riche bourgeois; il aurait vu des affligés seuls dans leurs chambres, pleurant et priant à genoux auprès de leurs lits, et cela jusque dans le palais de l'Évêque.

On pleurait aussi sous le toit de la mère Suzanne. Cette bonne femme s'était persuadée, sans le moindre fondement, que Bertrand et Marceline s'aimaient, et Marceline, qui avait répété à satiété : « Quelle folie, ma mère ! » avait aussi pensé quelquefois involontairement combien il eût été doux d'unir sa destinée à celle de Bertrand, si sa santé le lui avait permis et si Bertrand avait eu réellement de l'affection pour elle. Cette pensée involontaire l'avait amenée à des rêveries volontaires, et ces rêveries avaient accru son intérêt et son affection pour Bertrand ; elle tenait tout cela bien caché dans son cœur, pensait-elle, mais sa mère et sa nièce s'en apercevaient pourtant quelquefois.

Colette feignait, à la vérité, une entière ignorance, et lorsque Marceline disait en riant après l'un des discours de la mère Suzanne : « Comme ma mère parle,

on dirait une jeune fille, et non une vieille femme. »
Colette répondait gaiement :

— Vraiment, ma tante, je crois que les jeunes filles
n'ont pas la passion de faire des mariages comme les
vieilles femmes. Ma grand'mère a l'air de croire que
vous et moi n'avons qu'à choisir.

Mais, depuis l'accident de Marceline et la dispari-
tion de Bertrand, le sujet était devenu trop sérieux
pour la plaisanterie. Marceline ne parlait jamais de
lui et ne demandait jamais de nouvelles sans une
pénible anxiété.

— As-tu su quelque chose de Bertrand?

Telle était la question qu'elle faisait à Christophe
toutes les fois qu'il rentrait, et lorsqu'il répondait
négativement, elle étouffait un soupir, et joignait les
mains avec un élan de prière intérieure; ces pauvres
mains ne pouvaient plus enfiler son aiguille, ni mouvoir les fuseaux, c'était à grand peine qu'elle pouvait se nourrir elle-même, afin d'être un peu moins
à charge aux autres que Michel.

Mais les martyres avaient fait l'effet d'huile répan-
due sur le feu; au lieu d'étouffer la réformation, elle
grandissait plus forte et plus vivante que par le

passé, on tenait maintenant partout des réunions réformées dans la ville et les villages environnants,
et ce n'était pas si secrètement que la plupart des habitants ne le sussent ou ne le soupçonnassent. On
chantait partout les psaumes de Marot, tantôt par
dévotion, tantôt par défi, on brisait ou on défigurait
les images, on affichait sur les murailles des inscrip-
tions profanes; on lâchait dans la rue des chiens avec
des rosaires attachés autour du cou, et on avait cent
autres manières de se moquer des autorités, et d'in-
sulter à la religion établie. Michel fut bientôt dans la
maison un nouveau sujet de tristesse. Un jour, on
ne le trouva plus, Marceline ne pouvait le chercher;
la mère Suzanne soutenait qu'il devait être entré par
mégarde dans la maison de quelques voisins, et elle
le demandait vainement de tous les côtés. Colette
croyait qu'il devait s'être égaré dans la direction de
la cathédrale, et elle partait pour le chercher de ce
côté, lorsqu'un instinct puissant la porta à revenir
sur ses pas et à se pencher sur le parapet.

Bien loin au-dessous d'elle, étendu sur le bord
d'un rocher presque inaccessible, était couché le
pauvre Michel. Les cris de Colette attirèrent les voi-

sins à son secours, l'un alla chercher Christophe, l'autre une corde, le reste se lamentait et s'étonnait.

Lorsque Colette aperçut d'abord le corps de Michel, elle crut voir une figure de couleur sombre, homme ou bête, qui s'éloignait au même instant, mais lorsqu'elle porta de nouveau ses regards sur le même point, elle ne vit plus que ce corps inanimé, défiguré et resta là à le contempler jusqu'à ce que Christophe, accompagné par deux ou trois hommes, arrivât près d'elle pâle et hors d'haleine. Sans dire une parole, il attacha un poids pesant au bout de la corde, la descendit, s'assura qu'elle était assez longue, puis, la remontant, l'attacha fermement autour de sa taille, recommanda à ses compagnons de lâcher doucement la corde, et commença son périlleux voyage.

La tête tournait à Colette en le voyant faire, mais elle ne pouvait le quitter des yeux. Il avait l'habitude des montagnes, et saisissant une branche par ici, appuyant par là son pied sur une pointe du roc, il parvint à accomplir son entreprise, et se trouva bientôt sur la plate-forme où reposait le pauvre Mi-

chel. Dès qu'il y eût mis le pied, Colette le vit tressaillir, rester immobile un moment, le dos tourné au
corps de son frère, puis il disparut un instant et lorsqu'il reparut, il se mit à attacher la corde autour du
pauvre Michel.

Colette vit qu'il se passait quelque chose de mys-
térieux, mais elle eut la présence d'esprit de garder
pour elle ses observations ; d'ailleurs, tout ce qui
n'était pas ses frères lui paraissait dans ce moment là
de peu d'importance. Elle pleura amèrement lorsque le
corps inanimé du pauvre Michel, qui avait été presque
aussi incapable de s'aider dans la vie que dans la
mort, arriva à la hauteur du parapet, elle l'embrassa
en pleurant, mais elle le confia bientôt aux embras-
sements et aux larmes de la mère Suzanne pour
suivre les progrès du frère encore vivant auquel
on venait de rejeter la corde. La seconde ascension
était plus importante que la première, et pleine
de difficultés et de dangers. Enfin elle s'effectua
sans accident, et Colette se jeta dans les bras de
Christophe.

La charité des pauvres gens entre eux est prover-
biale. Bien que chacun, en dehors de sa famille,

regardât la mort de Michel comme une délivrance,
cependant l'affection que ses parents avaient pour
lui excita la plus vive sympathie chez les voisins, qui
venaient offrir leurs condoléances, comme si le dé-
funt eût été l'appui de toute la maison au lieu d'un
fardeau pour tout le monde. Colette et la mère Suzanne surtout le regrettaient. Colette l'avait toujours
regardé comme un legs de sa mère, et avait coutume
de se reprocher amèrement la moindre négligence
apportée dans sa vigilance à son égard par l'accom-
plissement d'autres devoirs. La mère Suzanne pleurait son pauvre enfant innocent, incapable d'agir
par lui-même, et elle cherchait à se consoler en
l'ensevelissant selon les rites de l'église à laquelle
elle avait appartenu toute sa vie, avec des cierges à
la tête et aux pieds, un crucifix sur la poitrine et de
l'eau bénite à côté du lit. Les allées et venues de tant
d'amis officieux lui plaisaient au lieu de la troubler,
sa douleur était bavarde et sociable, pendant que
Colette, son tablier sur les yeux, était assise auprès
de la couche de Marceline, le faible bras de sa tante
autour de son cou.

Le soir, lorsqu'ils se trouvèrent seuls, Christophe,

qui était assis au coin du feu, se leva et sortit.

— Il est sans doute allé commmander un cercueil, pauvre enfant ! dit la mère Suzanne, et se remettant à sangloter, elle alla reprendre sa place auprès de Michel.

— Maintenant, que nous voilà seules et tranquilles, prions, dit Marceline. Tu ne peux pas ? eh bien ! je vais prier pour toi.

— Il ne faut pas prier pour les morts, dit Colette.

— Non, mais pour les vivants. Pour toi, pour moi, pour nous tous.

Elle priait à demi-voix avec une ferveur qui apportait la consolation au cœur de Colette, puis elles rentrèrent dans le silence, l'interrompant parfois pour parler de Michel, et pour rappeler des traits de son intelligence, comme elles disaient tendrement.

— Il était certainement bien au-dessus de la plupart des crétins, dit Colette. Il se servait bien mieux de ses mains et de ses pieds, il avait des éclairs de bon sens, et il se rappelait les visages de certaines personnes qui avaient été bonnes pour lui, Bertrand, par exemple. Et puis, comme il aimait la cathédrale ! et le soir quand je ne pouvais pas lui faire répéter son Pater noster, il joignait toujours au moins les mains. On ne pouvait pas dire qu'il fût gourmand, il mangeait beaucoup, mais il ne se souciait guère de ce qu'il mangeait.

— Pour ma part, dit Marceline, je me réjouis d'avoir pu prolonger sa vie, même de quelques jours, puisqu'il lui aurait été infiniment plus pénible d'être brûlé que de tomber sur la tête et de se casser le cou comme il a fait. Mais il semble que tu sois vouée à avoir quelqu'un sur les bras, me voilà presque aussi incapable de me servir que le pauvre Michel.

— N'en parlez pas, ma tante, je vous en prie, dit Colette, c'est mon plus grand bonheur que de vous soigner, et je vous aurais volontiers consacré ma vie à tous les deux. Vous ne savez pas, j'ai vu quelque chose de bien étrange...

Au même instant, la porte s'ouvrit doucement, et Christophe entra avec précaution, suivi de Bertrand qui avait l'air aussi hagard et aussi épuisé que le jour où il s'était présenté chez Madeleine.

Marceline poussa un petit cri de surprise. Il s'approcha d'elle, et voulut lui prendre la main, mais voyant qu'elle était enveloppée, il se contenta de la regarder d'un air de pitié et se tourna vers Colette, les larmes aux yeux.

— Ne me tenez pas, je vous prie, dit-il, comme coupable de la mort de votre pauvre frère.

— Vous? dit Colette stupéfaite.

— Vous m'avez reconnu au moment où vous avez crié, n'est-ce pas ?

— Non, oh ! que voulez-vous dire ?

— Vous savez comment j'ai été pourchassé. Un hasard, ou pour mieux dire, la Providence, m'a conduit à une caverne dans le rocher que j'ai découverte en grimpant d'en bas pour chercher une fente où je pusse trouver un abri. L'accès en était très-périlleux, ce qui me donnait d'autant plus de sécurité, contre mes ennemis, et il y avait une petite source coulant du haut qui suffisait à étancher ma soif. Mais je n'a-vais rien à manger, et j'étais prêt à mourir de faim lorsqu'une nuit je me glissai dans la ville pour chercher des nouvelles de mon frère. Je réussis à trouver la femme de chambre de mademoiselle de Saint-Nectaire qui me fit voir sa maîtresse. Avec une bonté angélique, elle intercéda pour moi auprès de l'Évêque, et me procura un sauf-conduit et la permission de voir mon frère pendant une heure. C'était de la plus grande importance, la consolation pour tous deux a été immense. Je trouvai la ville dans un tel état de fureur contre les réformés que je ne pouvais que faire tort à ma cause en reparaissant, et je suis retourné dans ma caverne, emportant avec moi une couple de pains. Lorsqu'ils furent achevés, je craignais d'être obligé de m'aventurer de nouveau dans la ville, mais à ma surprise, je vis des morceaux de pain à l'entrée de ma caverne. Il semblait que Dieu voulût me rappeler qu'il était encore le Dieu qui avait nourri Elie au moyen des corbeaux. Je ne savais pas d'où venait cette nourriture, mais je la recevais d'un cœur reconnaissant. Les provisions arrivaient irrégulièrement, un matin, j'adorais Dieu à l'entrée de ma caverne lorsqu'un morceau de pain vint tomber devant moi sur le rocher je levai les yeux, et j'aperçus Michel.

— Grâces à Dieu ! s'écria Marceline.

— Tout est expliqué maintenant, dit Colette en

14

pleurant. Pauvre innocent, il a eu le talent de vous sauver la vie !

— Je n'ose pas y penser, dit Bertrand en passant la main sur ses yeux, puisque cela a causé sa mort. Jour après jour, je mangeais le pain de Michel, et je buvais l'eau du rocher. Je méditais sur le sort de Mélan et il me semblait parfois que la tête allait me tourner, mais j'ai fini par m'y soumettre, et lorsque le jour de sa sentence fut arrivé, je me sentis capable de louer Dieu, de ce que mon frère avait rejoint la noble armée des martyrs. A partir de ce moment-là, j'ai joui d'une grande paix, j'ai beaucoup prié, beaucoup médité, pris beaucoup de résolutions et lu ma Bible avec une grande joie. Mais mes provisions qui suffisaient à soutenir mon existence, n'entretenaient pas mes forces. Je commençais à avoir l'idée de m'aventurer dans la ville, lorsque, ce matin, un morceau de pain est venu tomber à l'entrée de ma caverne, et presqu'en même temps, à ma douleur et à mon effroi, j'ai vu tomber le pauvre Michel. Je me suis élancé derrière lui, mais il s'était fendu la tête, et il était déjà mort. Grâce à Dieu, il n'a souffert qu'un instant. Pendant que je me préparais à arranger décemment son corps encore chaud, et que je me proposais de descendre de mon rocher, et de venir vous trouver à tout risque, je vous ai entendu crier. Pouvez-vous me pardonner ?

— Il n'y a rien à pardonner, dit Colette en pleurant, vous ne pouviez pas éviter cet accident, c'est plutôt moi qui devrais me reprocher de l'avoir perdu de vue. J'ai toujours eu peur de ce parapet.

— Mais qui est-ce qui a occasionné vos nouvelles souffrances ? dit Bertrand en se tournant vers Marceline d'un air d'inquiétude, vous avez l'air d'avoir subi un terrible accident.

Marceline détourna la tête et ne répondit pas.

— Ah ! dit Colette avec de nouvelles larmes, elle s'est sacrifiée pour le pauvre Michel. Son lit avait pris feu, elle l'a emporté dans ses bras, et elle a été horriblement brûlée.

— Vous l'avez sauvé et je l'ai fait mourir ! s'écria Bertand. Quelle différence !

— Allons, rappelez-vous que vous mourez de faim, dit Christophe, j'ai mis le couvert de mon mieux, mangez, buvez et reprenez des forces, après quoi vous prierez avec nous, vous causerez avec nous, et vous ferez ce qui vous conviendra.

CHAPITRE XVII

UNE NOCE

Les primevères du printemps entr'ouvraient à peine leurs feuilles vertes lorsque la ville du Puy eut à se réjouir du mariage de Madeleine de Saint-Nectaire. Jeune, belle, vertueuse, orpheline dès l'enfance, charmante dans ses manières et du cœur le plus compatissant, elle était adorée des riches et des pauvres. Les deux partis la réclamaient, car tout en n'osant pas se déclarer hautement pour les réformés, elle les avait soignés, protégés, défendus, elle avait intercédé pour eux, et bien de gens attribuaient à sa compassion ce qui venait effectivement de sa conscience.

Les fêtes des noces eurent tout l'éclat et la

publicité du vieux temps. Cinquante jeunes chevaliers de grande maison arborèrent les couleurs de
Madeleine de Saint-Nectaire et se déclarèrent ses
champions, quelle que fût la cause qu'elle eût à cœur,
et quel que fût le danger où elle pût se trouver.
Cinquante jeunes filles nobles et d'une grande beauté,
vêtues de blanc, avec des écharpes et des voiles de
différentes couleurs, apparurent à sa suite en qualité
de filles de noce et le soir elles conduisirent le bal
avec les cinquante chevaliers. Combien il y avait de
nobles matrones pour leur servir de chaperons,
combien de révérends seigneurs, de galants séné-
chaux et de vaillants barons remplissaient les salles,
c'est ce que l'histoire ne dit pas, mais assurément
tous les rangs et toutes les dignités avaient leurs
représentants dans la foule d'invités qui, pendant
quinze jours, prirent part à la bonne chère constamment servie dans le palais de l'Évêque, depuis le noble paon et le fier sanglier servis, l'un avec ses plumes, et l'autre avec ses défenses, jusqu'au veau à la
crème et aux fins blancs mangers du Languedoc.

Et puis les ménestrels! les sirventes, les sérénades,
les lais, les chansonnettes, les rondeaux composés

14.

tout exprès pour l'occasion ! On aurait pu se croire
dans une des vieilles cours d'Amour. Et les chasses,
les tournois, les jeux de bagues, les mascarades, les
représentations théâtrales ! Ces dernières cependant
n'avaient pas été examinées d'assez près par le maître
des cérémonies, et l'Évêque et d'autres personnes en
furent choqués. Par exemple, au lever du rideau,
on voyait une vénérable dame qui n'était rien moins
que notre mère Église, elle était fort malade et
semblait sur le point de mourir ; en dépit des efforts
d'une quantité de moines et de frères en noir, en
blanc, en gris, les gémissements et les convulsions de
la malade n'en devenaient que plus effrayants. Les
abbés, les cardinaux se succédaient, enfin le Pape sur-
vint ; à sa vue la malade tomba dans de tels transports
que le Pape secoua la tête, et dit quon l'avait envoyé
chercher trop tard. Dès que Sa Sainteté se fut retirée, la vie revint cependant un peu et un homme en
rabat de Genève étant arrivé, une Bible à la main, il
la donna à la malade qui se remit tout à coup et
serra le livre contre son cœur, en disant qu'elle
avait trouvé la vraie panacée, et qu'elle allait vivre
heureuse à jamais.

Après cette comédie, vint une farce entre un père François et une sœur Catherine, qui fit rire aux larmes certaines personnes, mais l'Évêque resta grave et lorsqu'il rentra chez lui le soir, il envoya chercher le maître des divertissements, et lui ordonna de regarder de plus près à la censure du théâtre. Une plaisanterie était une plaisanterie, mais il ne pouvait permettre ni grossièretés, ni allusions profanes. Le conseil fut suivi et, dans la soirée, on joua la mort de Phaéton qui ne fit pleurer ni rire personne.

Lorsque Madeleine prit congé de son frère qu'elle reçut chez elle sans témoins, elle le remercia avec larmes de l'affection et de la protection qu'il lui avait accordées pendant son enfance, et lui demanda de ne jamais l'oublier.

— Mais, mon frère, dit-elle en rougissant, pardonnez-moi si je vous conseille de ne pas tenir la bride trop serrée... à l'égard des pauvres réformés, je veux dire. Voyez le résultat du supplice de Farel et de Mélan de La Vigne ; au lieu d'un prosélyte, ils en ont tout de suite eu une douzaine, la persécution ne fait qu'en accroître le nombre, c'est un triomphe pour eux, et sans aucun profit pour votre cause.

— Je suis un peu de votre avis, Madeleine, répondit-il, et comme vous savez que je ne suis pas naturellement sanguinaire, je compte essayer ce que peut faire une tolérance modérée. J'ai la cruauté en horreur, et j'ai même tant de répugnance pour l'application d'une justice sévère que nous n'aurons plus de supplices sur la place du marché, s'il plaît à Dieu. Mais prenez garde que votre compassion ne vous fasse sortir du droit chemin, ma sœur. Comme la plupart des femmes, vous avez plus d'imagination que de raison, plus de sentiment que de jugement, et vous tombez trop facilement en proie à une éloquence spécieuse, soutenue par l'apparence de l'héroïsme dans le malheur. Adieu, aimez Dieu, toujours et partout, mais ne devenez le champion d'aucune église, à moins que ce ne soit celui de l'Église.

Après le mariage, le château de Miremont devint, selon l'usage, le théâtre des réjouissances. La chasse, la musique, le chant et les contes permirent aux invités de digérer beaucoup de festins. Même lorsque le marié et la mariée restèrent dans une solitude comparative, ils étaient encore entourés d'une suite nombreuse, et leurs amis et leurs parents allaient et

venaient si constamment que leur château hospita-
lier ressemblait fort à celui de Branksome, lorsque

> Vingt-neuf chevaliers célèbres
> Suspendaient au mur leur bouclier,
> Et vingt-neuf écuyers bien nés
> Conduisaient leurs coursiers du parc à l'écurie.

Madeleine était depuis si longtemps accoutumée à
ce genre de vie qu'elle s'acquittait de ses nouveaux
devoirs avec une bonne grâce et une aisance parfaite; il n'était donc pas étonnant qu'avec tant de
beauté, de charmes et d'esprit, elle devînt l'objet
d'une adoration chevaleresque et le sujet des chants
des ménestrels et des éloges des chevaliers d'un
bout à l'autre de la France, mais les revers allaient
l'atteindre.

Un jour qu'elle chassait dans la forêt avec une
nombreuse suite, entraînée par l'ardeur de la chasse,
elle se trouva seule avec son mari dans une clairière
qui leur était inconnue. Un malheureux archer à
leur service tira comme Walter Tyrrel une flèche qui
manqua le cerf, mais qui vint percer le pauvre seigneur de Mirémont. Il tomba de cheval avec un

gémissement, et fut traîné par l'étrier. Les cris per-
çants de Madeleine effrayèrent le meurtrier qui s'en-
fuit au plus vite, non pour chercher du secours
mais pour éviter d'être reconnu. Au même instant,
la bride du cheval de Guy fut saisie par un homme
vigoureux, d'une taille élevée, dans la force de l'âge
et qui portait la robe flottante et les sandales d'un
ermite. Il rassura Madeleine, arrêta le coursier emporté et dégagea le pied de Guy de l'étrier. Madeleine sauta à terre et prit son mari dans ses bras,
mais elle ne pouvait le soulever; alors l'ermite, qui
paraissait doué de la force d'un géant, l'enleva dans
ses bras et l'emporta, comme une nourrice emporte
un enfant, le long du petit sentier ombragé qui conduisait à sa demeure. Il déposa son malheureux pa-
tient sur un lit de feuilles, puis il alla chercher de
l'eau dans une tasse de bois, et dit à Madeleine d'en
humecter le visage de son mari pendant qu'il exa-
minait la blessure ; il la trouva mortelle, et ne voulut pas extraire le dard de la plaie, de peur que le
sang ne s'écoulât; alors confiant Guy aux soins de
sa femme avec une profonde compassion, il sortit
précipitamment pour voir s'il ne trouverait pas

quelques-uns des chasseurs afin de les appeler au secours de leur maître.

Le pauvre Guy ouvrit les yeux, regarda tendrement sa femme, fit le signe de la croix et mourut. Lorsque l'ermite revint avec Claude le page et Étienne Saint-Amand, l'écuyer du Seigneur, il trouvèrent la malheureuse Madeleine étendue sur le corps de son mari aussi insensible que lui.

D'autres serviteurs arrivèrent bientôt, quelques-uns s'étaient promptement dirigés vers le château pour chercher du secours, et en moins d'une heure uu grand concours se pressait autour de l'ermitage, on amenait deux litières dans lesquelles on plaça le seigneur de Miremont et Madeleine.

Ainsi la maison de réjouissance fut promptement convertie en une maison de deuil et le Languedoc, qui avait récemment retenti des fêtes de noces du jeune couple, n'était plus occupé que des versions différentes qui couraient sur la catastrophe. On disait que le désespoir de Madeleine allait presque jusqu'à la folie.

Lorsque sa première douleur se fut un peu calmée, elle fit place à une profonde tristesse. Toutes les habitudes de sa maison participaient du caractère de sa douleur ; au lieu d'admettre de nombreux hôtes' sa porte restait fermée pour tout le monde excepté pour ceux qui comprenaient ses souffrances ou qui la soulageaient ; là où les chants des ménestrels retentissaient naguère, on n'entendait plus que des psaumes ; les histoires d'enchanteurs et de sorciers avaient cédé la place à l'étude de la Bible, et les fêtes joyeuses à la prière.

Bertrand de La Vigne était cause de la tournure qu'avaient pris les choses. Il avait établi des relations amicales dans le château et il se trouvait à Miremont, lors de l'accident. Il profita de cette occasion, comme disaient les vieux théologiens, pour édifier grandement ses auditeurs et lorsque Madeleine, épuisée par sa douleur, semblait être sur le point de devenir la victime du désespoir, Mélanie s'aventura à lui amener Bertrand, dont les prières et les consolations apportèrent bientôt à la malheureuse châtelaine le seul soulagement dont son cœur fût susceptible.

Ainsi, tandis que la porte était fermée au monde extérieur, Bertrand, sans un seul antagoniste, semait la bonne semence au dedans, l'arrosait constamment et la voyait grandir pour la vie éternelle. Madeleine, au fond de son cœur, conservait une impression superstitieuse, elle était convaincue que le désir de ses yeux lui avait été enlevé parce que pour l'amour de lui, elle s'était laissée aller à la tiédeur, si même elle n'avait pas absolument abandonné cette vraie lumière à laquelle elle avait résolu de se consacrer désormais. Ce fut ainsi que lorsque le château se rouvrit parfois à quelque visiteur, on s'aperçut que la dame de Miremont et toute sa maison étaient ouvertement réformées, quelques personnes la tenaient pour schismatique, d'autres concluaient charitablement que la douleur lui avait fait perdre la tête et qu'elle n'était plus responsable de ses actions, mais tout le monde respectait ses chagrins.

Cependant la parole de Dieu grandissait et se répandait au Puy. Les prédicateurs réformés rassemblaient dans les jardins, dans les vignes, dans les prairies des auditoires nombreux et attentifs; ces prédicateurs n'étaient pas, en général, des ministres régulièrement ordonnés, venus de Genève, mais à

15

défaut de mieux, c'étaient des laïques de la classe moyenne et de la classe inférieure, des marchands, des ouvriers, des artisans, souvent remplis de zèle et de piété, mais parfois cruellement ignorants et exaltés.

L'Évêque commençait à se repentir de sa modération. Toutes les fois qu'il traversait les rues, ses oreilles étaient assaillies du son lugubre ou bruyant du chant des psaumes protestants, et il publia un édit pour défendre, sous peine d'amende et d'emprisonnement, de chanter les psaumes de Clément Marot, apostat sacrilège, disait-il.

Le soir du jour où l'édit avait été publié, les chants interdits retentirent plus bruyamment que jamais. Fabien, entre autres, fut conduit devant les magistrats pour avoir transgressé à la portée de l'oreille de l'Évêque, mais il paya l'amende et on le laissa aller. Jacques Guitard fut également arrêté, mais il protesta qu'il chantait une vieille ballade patoise :

> Peyrouna portava au marcha
> Un toupi de lait sur sa teste.

Et qu'étant un pauvre musicien, il en était venu, sans

s'en apercevoir, à chanter un des airs qu'il entendait sans cesse retentir à ses oreilles et qu'il trouvait affreux. On admit l'excuse du prisonnier.

CHAPITRE XVIII

LES ROUTIERS

Christophe s'aperçut un beau jour que la saison avançait, et il se dit qu'il pouvait bien accompagner Grégoire qui allait visiter sa ferme et ses champs déjà labourés et ensemencés.

En conséquence, les deux voisins se mirent en marche, et comme les arbres et les haies étaient déjà revêtus de leur verdure, et que l'orge et le froment poussaient dans les champs voisins de la ville, ils se dirent qu'ils étaient un peu en retard pour aller visiter leurs récoltes.

Grégoire était le plus excellent des hommes, et comme il avait toujours été en bons rapports avec le

père de Christophe, celui-ci éprouvait pour lui un
respect et une affection extraordinaires. Aussi lorsque Grégoire, pour passer le temps sur la route, lui
fit diverses questions sur son ouvrage de l'hiver,
Christophe lui raconta, avec une parfaite franchise,
ce qu'il avait gagné, pourquoi il n'avait pas gagné
davantage, et finit par dire, avec un soupir, qu'il
voudrait bien être plus riche. Lorsque Grégoire lui
en demanda la raison, Christophe répondit avec une
certaine gaucherie :

— Je n'ai pas besoin de vous le dire, j'aspirerais
alors à plaire à Gabrielle. Quoiqu'il y ait dix chances contre une qu'après tout elle ne voudrait pas de
moi.

— Bah! bah! dit le bon fermier, pourquoi n'au-
riez-vous pas là aussi bonne chance qu'un autre?
Gabrielle n'est pas plus difficile que les autres filles,
je suppose, et si vous parliez le premier, je ne vois
pas pourquoi vous seriez mal reçu. Pour ma part, je
ne vois pas d'objection à ce que vous vous mettiez
ensemble cet été quand nous reviendrons à nos fer-
mes. Je vois bien que Fabien n'a pas envie de quitter
la ville, et il me faudra quelqu'un pour m'aider, par

amour ou pour argent, et vous feriez mon affaire tout comme un autre.

Christophe avait le cœur sur les lèvres, tout en sachant qu'il était fort différent de plaire à Gabrielle ou d'obtenir le consentement de son père, cependant c'était une grande barrière de moins, et il remercia Grégoire avec une vive reconnaissance. Ils se mirent alors à causer comme un père et un fils, discutant leurs projets pour l'été, comme si leurs intérêts étaient déjà communs.

Pour arriver chez lui, Grégoire passait devant la maison de Christophe. Au lieu de la chaumière solide, couverte de mousse, dans laquelle le jeune homme était né, ils ne trouvèrent plus qu'un tas de décombres brûlés et noircis. Les routiers avaient passé par là. Des larmes d'indignation et de chagrin vinrent aux yeux de Christophe.

— Consolez-vous, consolez-vous! dit Grégoire en lui mettant la main sur l'épaule, il est heureux que vous fussiez au Puy quant cela est arrivé. Nous en ferons une partie de plaisir, et nous la rebâtirons en quelques jours. Vous voyez, la moitié de la charpente n'est que noircie, et j'imagine que vous n'aviez pas laissé là beaucoup d'objets de prix.

— Tels qu'ils étaient, nous n'en avions pas d'autres, c'était le toit sous lequel nous avions tous été élevés. Tenez, voilà la quenouille de ma mère.

— Pauvre femme, par bonheur les routiers ne vous ont pas fait leur visite de son vivant, car elle n'aurait pu ni les renvoyer ni se sauver. Il me semble qu'autrefois ils respectaient les pauvres et ne pillaient que les riches. Sur ma vie, les voilà qui se glissent entre les arbres! Cachons-nous dans la vieille cheminée ou il nous arrivera malheur. De là nous pourrons les voir et les entendre sans qu'on nous voie.

La prudence était si décidément en cette occasion la meilleure partie de la valeur que Christophe adopta sans hésitation la proposition du bon fermier, et lui donna la main pour l'aider à grimper dans une petite niche destinée à fumer le lard, et placée à une certaine hauteur dans la cheminée en ruines, une des pierres s'était détachée, ce qui leur permettait de faire leurs observations tout à leur aise.

Une troupe de vingt ou trente hommes, marchant en désordre et sans chercher à se cacher, sortaient en ce moment du bois et suivaient la route qui longeait la chaumière. Ils étaient mal vêtus, et leur tournure était grossière comme leur appareil, ils étaient armés de faux, de fourches et de bâtons. Lorsqu'ils se trouvèrent en face de la chaumière de Christophe, l'un d'eux, dont l'apparence n'était pas plus recherchée que celle des autres, à l'exception d'une vieille paire de sabots, s'écria :

— Halte ! et tous s'arrêtèrent en désordre.

— Quelqu'un est venu ici avant nous! dit le chef en montrant les ruines ; les autres se mirent à rire.

— Il n'y avait pas grand'chose à prendre, dit un des routiers, nous trouverons un meilleur butin au Puy.

La troupe présentait un étrange mélange. Auvergnats, Languedociens et autres, chacun parlait son dialecte avec des mots plus ou moins espagnols, italiens et français, en sorte qu'à peine se comprenaient-ils.

— Ah! le Puy! le Puy ! s'écria un troisième d'une voix qui n'avait presque plus rien d'humain, tu as dit que tu nous mènerais au Puy.

— J'ai dit que je vous mènerais à Blacons, dit le premier.

— Qui est le Puy? et qui est Blacons? demanda un autre.

— Le Puy est une place, une ville, imbécile, dit le premier, une ville pleine d'or, d'argent, de vin et d'eau-de-vie.

— Ah! ah! mène-nous au Puy! crièrent plusieurs voix.

— Nous ferions une jolie figure au Puy! dit le premier. Il y a là des milliers de gens. Je vais vous mener à Blacons qui attaquera la ville avec des milliers de soldats.

— Qui est Blacons?

— Blacons est un brave capitaine, un chevalier de Malte, le lieutenant du fameux Des Adrets, bien connu sous le nom du Terrible Baron.

— Oh! nous avons tous entendu parler du Terrible Baron, c'est l'homme qu'il nous faut.

— Eh bien! le Baron est occupé ailleurs pour le moment, en sorte qu'il a chargé Blacons qui s'en tirera tout aussi bien de conduire huit ou dix mille de vous; il ne sait pas encore s'il attaquera la Chaise-

15.

Dieu, une abbaye de bénédictins furieusement riche, ou s'il marchera tout droit sur le Puy.

— Le Puy! le Puy! crièrent plusieurs voix.

— Vous en savez autant sur un endroit que sur l'autre, dit l'orateur avec un mépris infini.

— Allons-nous au Puy maintenant?

— Non, pour le moment, vous lui tournez le dos. Nous allons à Pont en Peyrat où Blacons a donné l'ordre de s'assembler, pour avoir une idée de notre nombre, et nous mettre un peu en ordre. Nous sommes tous Huguenots, rappelez-vous bien que nous sommes tous Huguenots.

— Qu'est-ce que c'est que les Huguenots?

— Idiot! Les Huguenots sont des gens qui ont reçu du ciel la permission de piller les églises et de briser les images.

— Cela nous va, nous sommes tous Huguenots!

— Alors, en avant pour Pont en Peyrat. En avant, marchez droit si vous pouvez, mais cela n'y fait rien.

— Des Huguenots vraiment! répéta Grégoire avec mépris, dès que la troupe eut disparu, de jolis Huguenots! voilà ce qui fait tort à notre cause et à toutes les causes. Le bon évêque du Puy, comme on l'appelle, et c'est vraiment un bon évêque, nous met dans le même sac que cette écume de la terre, ce n'est pas étonnant qu'il ait envie de nous étouffer. Voyez-vous, Christophe, je ne sais pas si nous aurons bien des récoltes à moissonner cette saison-ci. Il me semble que nous ferions mieux de retourner en ville pour informer les Consuls de ce rendez-vous à Pont en Peyrat.

— Il est trop tard ce soir.

— Évidemment. Nous allons coucher à la ferme ce soir, et nous partirons de bonne heure demain matin. Attendez, j'aperçois un autre détachement de ces coquins.

Le pays semblait fourmiller de routiers, cinq corps séparés parurent et disparurent avant que les deux hommes pussent quitter leur cachette. Les uns portaient des morions de fer, et des cuirasses sur la peau, les autres étaient couverts de camburons, ou justaucorps de cuir piqué. Enfin à l'abri de la nuit naissante, les deux paysans se préparèrent à se glisser chez eux, et Christophe, descendant lestement de son perchoir, aida son ami qui était grand et lourd à arriver jusqu'à terre.

— Je voudrais bien savoir, dit tout d'un coup Grégoire, comme on approchait de sa ferme, si je vais trouver que les routiers m'ont joué d'aussi vilains tours qu'à vous. Je ne le supporterais pas aussi bien, j'en ai peur, la maison était deux fois plus grande que la vôtre, et nous ne pourrions pas la reconstruire par partie de plaisir.

Christophe n'avait point d'espérances bien flatteuses à communiquer à son voisin, aussi continua-t-on de marcher en silence, jusqu'au moment où on se trouva en face de la vieille maison, dont les murs de pierre présentaient à peu près la même apparence que de coutume. Mais la porte avait été forcée, et les quatre murs restaient seuls.

Grégoire regarda tristement autour de lui :

— Voilà du bois, dit-il, en sorte que nous pouvons allumer du feu pour nous chauffer, mais le temps n'est pas froid, nous n'avons rien à cuire, et la lumière pourrait attirer les routiers, en sorte qu'il vaudra mieux manger notre pain et notre fromage dans le demi-jour et puis nous étendre sur la paille. Vous voyez, Christophe, vous me croyiez tout à l'heure plus riche que vous, il me semble que nous sommes à peu près égaux.

Lorsqu'ils retournèrent au Puy, le lendemain, ils apprirent qu'on avait déjà donné l'alarme. Ils rencontrèrent à quelques lieues de la ville le seigneur de Saint-Juste qui se rendait auprès de Blacons, chargé de chercher à éviter l'attaque si l'on pouvait y parvenir honorablement et sûrement en payant une forte somme d'argent. Saint-Juste était frère du sénéchal d'Allègre, homme d'une probité éprouvée, et ses concitoyens avaient bonne idée de lui, bien qu'on le sût favorable aux réformés; mais on supposait qu'il en serait plus agréable à Blacons, qui prenait également le noble nom de réformé, bien que nul ne pût avoir dans le cœur moins de religion, de moralité ou même d'humanité.

Plus près de la ville, ils rencontrèrent un homme monté sur un mauvais petit cheval, qu'il forçait d'avancer à force de coups de fouet et d'éperons. En s'approchant, ils reconnurent Jacques Guitard, qui n'avait pas l'air enchanté de les voir.

— Bonjour, voisin, dit Grégoire, en s'arrêtant, Allez vous loin ce matin?

— Qu'est-ce que cela vous fait? dit Guitard; je suppose que vous savez que j'ai une petite ferme dans la plaine de la Condamine, je vais voir de ce côté-là.

— Il est à espérer que les routiers n'y ont pas déjà fait une visite, dit Grégoire, ils m'ont fait cet honneur-là, ainsi qu'à mon compagnon.

— Sont-ils en force, demanda Guitard. Les avez-vous rencontrés?

— Ma foi, oui, dit le premier, hier soir. Nous en avons compté cinq bandes : ce matin, la route est libre.

— Où allaient-ils? savez-vous?

— J'ai entendu dire à quelques-uns d'entre eux qu'ils allaient rejoindre le capitaine Blacons à Pont en Peyrat. Ils parlaient de plusieurs milliers d'hommes sous les armes. Je ne vous conseille pas de rester trop tard par les chemins.

— Il n'y a rien à craindre, dit gaiement Guitard, on me respecterait comme Huguenot. D'ailleurs la Condamine et Pont en Peyrat ne sont pas la même chose. Le rassemblement a probablement été exagéré, bonjour ; et il se remit en marche.

Dans l'intérieur du Puy, tout était en mouvement. L'ambassade de Saint-Juste pouvait échouer, en sorte qu'on mettait la ville en état de soutenir l'assaut annoncé. Tous ceux qui se présentaient aux portes étaient soigneusement examinés avant qu'on leur permît l'entrée; des sentinelles étaient postées sur les murailles et dans les rues, de lourdes machines de guerre sortaient de leur retraite, et on les traînait aux endroits où elles paraissaient devoir rendre le plus de services; les hommes examinaient leurs vieilles armes et leurs justaucorps de buffle; les armuriers travaillaient sans relâche, on entendait de tous les côtés le bruit des marteaux qui retentissaient sur l'enclume, ainsi que le cliquetis des vieilles armures et des anciens casques; on rencontrait à chaque pas dans la rue des hommes et des enfants portant des lances, des hallebardes et des épées, des arquebuses et des mousquets; on recueillait les provisions et on en prenait le compte, les enfants, garçons et filles, portaient des pierres pour entasser devant les fenêtres, on abattait les porches des boutiques, on suspendait dans les rues, de six en six maisons, des lanternes qui devaient brûler toute la nuit; on fixait des chaînes pour les tendre au travers des rues, et on abattait les arbres qui pouvaient servir d'abri à l'ennemi. Tout était mouvement, bruit et activité, Christophe prit à peine le temps d'aller embrasser sa sœur, avant de se mettre à l'ouvrage aussi activement que qui ce fût, pendant que Grégoire allait prévenir les autorités de ce qu'il avait entendu dire la veille au soir.

Ceux qui ne pouvaient rendre d'autres services remplissaient les églises, et offraient à Dieu leurs prières. L'Évêque était aussi actif qu'aucun laïque dans la ville, voyant à tout, dirigeant ce qui allait de travers, et dépêchant des courriers aux villes voisines pour les prévenir du danger qui les menaçait.

Le temps était chaud et lourd. Dans la soirée, Colette conduisit Marceline, qui pouvait à peine respirer, jusqu'au parapet, elle avait préparé là une sorte de lit avec des chaises et des oreillers. Elles contemplaient la tranquille plaine, arrosée par la Loire et par le cours paisible de la Borne, et parée d'une incomparable beauté par les rayons du soleil couchant.

— Voyez donc quelle longue file de gens sur cette route, là-bas, dit Colette. Ils ont l'air d'avancer avec un certain ordre. Qui est-ce donc, je voudrais bien savoir ?

— De pauvres paysans effrayés qui se sauvent devant les routiers probablement, dit Marceline. Comme il est triste de voir notre pays dans un pareil état ! Et quelle honte que ces maraudeurs prennent le nom de réformés !

— Ils ont besoin d'être réformés plus que personne, dit Colette. Bertrand lui-même ne pourrait rien faire de pareils misérables, s'ils sont tout ce qu'on dit. Je voudrais bien savoir où il est maintenant ?

— Au château de Miremont, très-probablement, dit Marceline, en étouffant un soupir. La pauvre jeune dame a probablement besoin de conseils et de consolations. Mais les pauvres gens en ont besoin aussi.

Victor sortit à cet instant sur le seuil de sa porte ; il nettoyait un vieux casque, et, voyant Marceline et Colette, il sourit et vint les rejoindre.

— Est-ce que vous vous préparez à vous battre ? dit Colette.

— Il faut que chacun fasse de son mieux, dit Vic-

tor. Je n'ai pas grand chose à défendre, mais je n'aimerais pourtant pas à perdre le peu que j'ai, et puis
il faut que les citoyens aient un peu le sentiment
public. J'espère de tout mon cœur que les routiers
vont venir, pour que nous puissions les rosser
comme il faut. Les preux chevaliers portent au fort
de la mêlée un gant de leurs belles dames, n'avez-
vous pas une écharpe, un bout de ruban ou quelque
chose de ce genre à me donner, Colette?

— Une des petites plumes de mon chapeau; dit-
elle en riant, et elle alla la chercher. Tenez, dit-elle
en la lui donnant, je ne sais pas ce que ma grand
mère en dirait.

— Je ne lui ferai pas déshonneur, dit Victor en
l'attachant soigneusement à son bonnet. Et, Colette,
vous savez, s'il nous arrivait malheur, vous connais-
sez le chemin pour arriver à la demeure de Bertrand.
Christophe et moi, nous aurions arrangé les marches
un peu plus commodément si nous avions pu, mais
elles n'en seront que moins exposées aux remarques;
vous trouverez là une provision de pain et de fromage, et il y a de l'eau sur le rocher. Ah ! voilà les
capucins qui viennent se réfugier ici !

—Vous les distinguez? dit Colette, nous nous demandions qui c'était

—Ne voyez-vous pas leurs capuchons, ils s'avancent deux à deux avec la croix devant eux? Ils ont l'air de porter un coffre pesant, c'est le meilleur de leur trésor, très-probablement. Il me semble presque que je les entends chanter.

— Ceci est une idée pour le coup, Victor. Voyez, voilà une autre troupe à quelque distance derrière eux, ce sont aussi des moines.

—Probablement les Dominicains, cela va faire une sainte guerre.

— Mais voyez donc, Victor, ces gens qui traversent la plaine par le petit chemin, ils marchent sans ordre, mais ils vont bien plus vite que les moines. Les voilà qui ont rejoint les Dominicains. Ils sont en pourparler.

— Ceci devient très-amusant, dit Victor, en se penchant par-dessus le parapet. Les voilà de nouveau en mouvement. Ils rejoignent les capucins, ce sont des femmes, des hommes, des enfants et des nourrissons. Ils voyagent sans embarras, ils n'ont pas de trésors. Le pourparler avec les capucins est fini, les voilà qui passent. Je descends jusqu'aux portes pour savoir qui c'est.

— Victor est plein de bonnes intentions, dit Marceline en contemplant le flanc presque perpendiculaire du rocher, mais il me serait tout aussi impossible de descendre ces marches que de voler là-bas comme un oiseau.

— Oui, ma tante, mais nous en avons causé, Christophe et moi, et nous croyons pouvoir vous descendre jusqu'à la caverne sans danger et sans grande difficulté.

— Mais non sans effroi, dit Marceline en frissonnant, j'aimerais mieux, il me semble, rester où je suis et encourir la chance. Mais, ajouta-t-elle après un moment de réflexion, si je n'y vais pas, tu n'iras pas, ni ma mère non plus. Après tout, si je me fais du mal, qu'importe ? Et probablement je ne m'en ferai pas : Le Seigneur garde les siens. Je ferai ce que tu trouveras bon que je fasse.

— Marceline, Colette, à quoi pensez-vous ? criait de toutes ses forces la mère Suzanne en montant à grand'peine la rue escarpée, chargée d'un panier de légumes. Il faut nous établir dans la caverne ce soir.

— Non, ma mère, au nom du ciel ! dit Marceline. Il n'y a pas encore trace d'attaque, et nous avons si peu de choses à perdre.

— En tout cas, nous pouvons jeter les matelas, et tout ce qui ne se casse pas, à l'entrée de la caverne, dit la mère Suzanne, fort effrayée par les préparatifs et les récits de la ville basse et qui était prise d'un grand accès d'activité.

Marceline demanda qu'on conservât les lits jusqu'à ce qu'il y eût positivement signe de danger ; et la mère Suzanne se contenta à regret de vider par-dessus le parapet son panier d'oignons, de carottes, de navets et de betteraves, et rentra dans la maison pour tirer de leur place tous les meubles, et les mettre au milieu de la chambre.

Victor revint tard. Il était accompagné par Bertrand. Une larme coula sur la joue de Marceline lorsqu'elle l'aperçut, mais elle chercha à se dominer et y réussit.

— Je croyais que vous étiez chargé de protéger dame Madeleine, dit-elle faiblement.

— De la protéger ? dit Bertrand avec sourire. Elle serait en mauvaise situation si elle n'avait d'autre protection que la mienne ; soixante des plus braves chevaliers du Languedoc et de l'Auvergne se sont engagés à la défendre contre tous venants. La dame de Blaye, sa tante, est avec elle, le château est régulièrement fortifié et avitaillé, plusieurs nobles dames s'y sont réfugiées avec leurs enfants.

Au même instant, le tocsin se mit à résonner de toutes les tours et de tous les clochers du Puy. Christophe entra en courant, et se mit à enfiler son camburon.

— Qu'est-ce qu'il y a ? cria la mère Suzanne.

— On appelle tout le monde aux armes, répliqua-t-il gaiement. Les gens de Saint-Paulien viennent d'arriver pour chercher un refuge ici. Blacons a pris leur ville et l'a pillée hier. Il a l'intention de nous attaquer cette nuit ou demain matin.

— Ne vous avais-je pas bien dit qu'il valait mieux descendre dans la caverne pendant qu'il faisait encore jour ? cria la mère Suzanne.

— Ma chère mère, nous ferions bien mieux de rester où nous sommes, dit Marceline, nous allons chercher un danger certain pour fuir un danger possible.

— Ce serait une folie pour vous que de chercher à descendre le rocher dans l'obscurité, dit Bertrand, quoique je vienne de le faire, mais à l'aube du jour, je vous conseille d'aller vous établir dans la caverne qui est bien munie de provisions à ce que j'ai vu. Si les routiers prennent la ville, ils la brûleront, mais ils ne pourront pas la garder longtemps et vous retournerez chez vous en sûreté.

Marceline frissonnait comme un oiseau blessé à l'idée de la descente, mais pas une parole d'objection n'échappa à ses lèvres pâles. Bertrand cependant vit son effroi.

— Nous vous descendrons tout doucement, dit-il, en pressant sa main tremblante, et vous ne pouvez pas vous figurer comme cette caverne est commode; c'était autrefois la retraite de quelque pieux reclus, car il y a un petit autel construit dans le roc, et une croix taillée sur la muraille. Elle est plus profonde que je n'ai cherché à le savoir, parce que l'eau qui coule rend le fond de la grotte humide, mais la partie extérieure est parfaitement sèche et on a de là une vue superbe à travers la plaine.

— Qu'est-ce qu'une mourante peut avoir à faire

des belles vues? dit Marceline, en souriant, bien qu'elle eût les larmes aux yeux.

— Fort à faire, je crois, dit Bertrand d'un ton encourageant, les chrétiens mourants jouissent de vues plus belles que tous les autres. Mais il n'est pas nécessaire que cela les rende indifférents aux belles vues de ce monde-ci, qui ne sont probablement que l'ombre de la gloire et de la beauté d'un monde meilleur. Ce qui ne veut pas dire que je vous tienne pour mourante, Marceline.

— Je le sens, dit-elle bien bas, en pressant ses mains jointes contre son cœur. Il se pencha vers elle, et lui parla longtemps à voix basse d'un ton pénétré; en l'écoutant, l'expression de trouble qui régnait sur le visage de la malade disparut peu à peu, et fit place à un calme et à une soumission inexprimables. Elle n'entendait ni le bruit du tocsin, ni les voix animées de sa mère et de Christophe, elle n'entendait que les paroles de consolation, la parole de Jésus!

Dans l'intervalle, Victor était entré précipitamment, et il avait attiré Colette en plein air, sous le porche, la nuit était noire, mais la ville basse éclai-

rée de maison en maison, présentait une illumi-
nation brillante qui pouvait servir de point de
ralliement à l'ennemi. La ville haute, abandonnée
par tous les hommes et par une partie des femmes,
était silencieuse et calme, et l'air frais de la plaine
y arrivait comme un rafraîchissement.

— Colette, dit Victor d'une voix basse mais pres-
sante, je vous ai souvent demandé depuis Noël d'être
à moi pour toujours, et vous m'avez toujours remis,
tantôt en riant, tantôt sérieusement, j'en avais peur.
Mais je ne crois pas, après tout, que vous m'ayiez en
horreur ; vous mériteriez bien un homme plus riche
et valant mieux que moi, mais personne au monde
ne vous peut aimer plus que moi. Ce soir, à l'église
de Saint-Laurent, on expédie des mariages sans
relâche, donnez-moi le droit d'un mari à vous
protéger, et je vaudrai deux fois ce que je vaux
maintenant.

— Tout de suite ? oh ! non, Victor, je ne peux pas.
Ce soir, quand il y a tant d'autres choses à faire,
tant de devoirs variés et contraires à remplir pour
tous deux, je ne peux pas, je ne peux pas !

— A quel devoir manquerions nous si nous avions

16

des intérêts communs? Pour ma part, je sens que mon énergie en serait doublée.

— Non, vous auriez le cœur partagé. D'abord moi, je ne pourrais pas. Vous parlez de se marier comme de manger son dîner. C'est une chose très-sérieuse, Victor, et qui demande beaucoup de réflexions.

— Voilà quatre mois que vous y réfléchissez, sans que cela ait servi de rien.

— Et si les routiers ne venaient pas après tout. A quoi cela nous aurait-il été bon ?

— Et qui est-ce qui nous manquerait, folle que vous êtes, excepté un beau souper de noces? Je crois vraiment qu'après tout que vous regrettez les potées de viande, et que vous pensez à tous les plats savoureux que votre grand'mère et ma mère composeraient à loisir.

— Quelle folie ! je n'y songe pas !

— Oui, vous y songez, et vous vous dites combien il vous serait plus agréable d'être mariée en plein jour, non pas avec une quantité d'autres personnes, mais à vous toute seule, afin que la ville eût le loisir de vous regarder et de vous admirer...

— Quelle folie, Victor !

— Dans votre beau jupon de soie neuf, et votre jaquette de velours, avec des barbes de dentelle de la façon de tante Marceline, pour entendre dire aux gens...

— Allons donc, Victor ! je ne reste pas ici à vous écouter.

— Vous resterez. C'est peut-être ma dernière occasion, et je veux qu'on m'écoute. Dans quelques heures, peut-être, mon cadavre sanglant...

— Victor, ceci est encore pis que le reste.

— Est-ce pis ? Alors je reviens à mes premières raisons. Vous avez peur d'être la première à mourir si on marie tant de couples et que nous restions les derniers ?

— Je ne crois pas toutes ces vieilles superstitions.

— Non ? Vous ne croyez pas non plus qu'il faille mettre du sel dans sa poche pour se préserver du mauvais œil ? Assurément, si je croyais que Fabien fût parmi les assistants, je viderais toute la salière dans ma poche. Voilà ce que c'est ! c'est Fabien qui est entre vous et moi, et qui me fait du tort ! Vous l'aimez mieux que moi. Très-bien ! Si je rencontre la tête de ce garçon-là d'ici à vingt-quatre heures,

je la casserai d'un coup de crosse, et cela passera
sur le compte des routiers.

— Victor! Victor! vous déraisonnez de plus en
plus! Qui est-ce qui se soucie de Fabien? Pas moi, je
vous en donne ma parole, il me déplaisait longtemps
avant de vous voir, et il est devenu bien plus mauvais depuis qu'il fréquente tellement Jacques Guitard.
Imaginez-vous qu'il voulait faire épouser cet homme
à sa sœur? Un homme qui ne se trouvait pas trop
jeune pour épouser ma tante Marceline! et Jacques
ne voulait pas accepter le refus, à ce que m'a dit
Gabrielle, mais, il lui disait que, si elle voulait de
lui, elle serait aussi bien vêtue que dame Madeleine
et pourrait habiter une aussi belle maison!

— Sous la loi des routiers, sans doute, s'ils prenaient la ville; je ne serais pas étonné que Guitard
se fît des amis parmi eux. Il a toujours été faux au
fond. Eh bien! Colette, puisqu'il paraît que Fabien
n'est pas une barrière entre nous, descendons ensemble jusqu'à Saint-Laurent.

— Certainement non. Je ne suis pas bien sûre,
Victor, qu'il me convînt d'être mariée par un vieux
prêtre dans la nuit.

— Non? Eh bien ! voilà Bertrand sous la main, il nous mariera avec la rapidité de l'éclair !

— Fi donc ! s'il vous entendait j'en mourrais de honte. Il ne marie personne. Il n'est pas consacré.

— Ah ! s'il vous faut un ministre de Genève, ce sera certainement un peu plus long, mais...

— Oui, Victor, il faut attendre encore un peu, cela ne vous ne suffit-il pas? Ne seriez-vous pas satisfait si vous n'aviez qu'un peu à attendre ?

— Il faut bien, dit-il en souriant, surtout, comme vous ne m'en auriez peut-être pas accordé autant si je n'en avais pas demandé davantage.

———

16.

CHAPITRE XIX

L'ATTAQUE

A la première lueur de l'aube du jour, Bertrand et Christophe descendirent soigneusement Marceline dans la caverne. Les autres la rejoignirent avec moins de peine, et lorsque Marceline, encore toute tremblante et suffoquée par son agitation, s'appuya sur le petit matelas qu'on avait placé pour elle à l'entrée de la caverne, elle ne put s'empêcher, en voyant les nuages dorés qui annonçaient le lever du soleil, de céder à un mouvement d'admiration et d'adoration.

Au même instant, Christophe redescendait le rocher, donnant la main à Gabrielle qu'il conduisit à Colette.

— Embrasse ta nouvelle sœur, dit-il. Nous venons de nous marier, et je n'ai que le temps de te la confier avant d'aller à mon poste. Voyez, les routiers traversent déjà la Borne, ils seront bientôt à la portée du mousquet, nous ne voulons pas attendre qu'ils approchent des portes, il faut défendre les ouvrages extérieurs. Adieu, mes amis.

Et embrassant précipitamment sa famille et sa jeune femme, Christophe escalada promptement le rocher, et plein d'enthousiasme alla rejoindre ses concitoyens.

Bertrand demeura quelque temps auprès des femmes, les encourageant, priant avec elles et les rassurant par sa seule présence. Chacun suivait avec un intérêt palpitant les mouvements des ennemis, leur nombre ne paraissait pas avoir été exagéré, et ils se dirigeaient si constamment vers les gués les plus sûrs et les routes de traverse les plus directes qu'il semblait extrêmement probable qu'ils avaient pour guide un espion ou un traître. Au bout de quelques heures, ils établirent leur camp dans la plaine de la Condamine, à une portée de mousquet des remparts, un certain temps s'écoula avant qu'ils ne vinssent à l'attaque de la ville, qu'ils ne s'étaient probablement pas attendus à trouver si bien défendue. Mais le bruit sourd du canon retentit enfin parmi les rochers, et des colonnes de fumée blanchâtre couvrant le flanc de la montagne cachaient quelquefois la vallée aux fugitifs de la caverne.

Il était impossible de suivre une pareille scène sans le plus vif intérêt. La canonnade fut bientôt suivie d'une attaque à l'arme blanche; les bourgeois conduits par leur chef, le seigneur de Maubourg, ne se laissaient pas troubler par la supériorité du nombre, ni l'impétuosité de l'attaque. Au premier abord, la force morale semblait destinée à l'emporter sur le nombre et la force brutale, mais à la fin, après des avantages divisés, l'ennemi se précipita comme un torrent, balayant tout devant lui, les gens du Puy commençaient à plier, quelques-uns étaient tombés dans les fossés, et les routiers allaient entrer dans la ville, quand, tout d'un coup, la porte Panessac s'ouvrit et une cavalcade inattendue s'élança au secours des bourgeois.

A la tête de cette vaillante troupe, composée d'ecclésiastiques et de moines de tout ordre, bien montés et armés jusqu'aux dents, s'avançait Antoine, évêque du Puy. Il était couvert d'une armure noire, une croix d'or étincelait sur sa poitrine, ses armes étaient brodées en argent sur son manteau bleu, et une plume rouge ondoyait sur son casque. Il n'avait d'autre arme qu'une énorme massue qu'il portait sur son épaule, car il avait l'horreur d'une femme ou d'un enfant pour toute effusion de sang, mais cette massue aurait pu recevoir et mériter le nom de l'épée de César « la mort jaune », car tout routier qui la voyait tomber sur son crâne devenait aussitôt la victime du livide roi des épouvantements.

L'apparition de ce champion, si bien soutenu par le bras robuste des guerriers tonsurés qui l'entouraient, fut aussi heureuse qu'inattendue. Elle décida la fortune de la journée : les routiers furent repoussés avec de grandes pertes, et le soleil se coucha sur leur déconfiture ; tandis que dans la place on se livrait à des transports de joie, et que la musique de la ville, établie sur les remparts, faisait retentir l'air des sons les plus gais et les plus insultants sur les hautbois, les clarinettes et les fifres, jetant ainsi la rage et l'humiliation dans le cœur des assaillants.

La ville fut gardée toute la nuit, mais on désigna à chaque corps son tour de veille, afin que chaque homme pût avoir quelques heures de repos et de sommeil.

Christophe et Victor, fort animés, allèrent faire une visite à leurs amis de la caverne, parmi lesquels il faut maintenant compter la mère Geneviève. Dès qu'on eut échangé les premières félicitations et qu'on eût rendu grâce à Dieu, Christophe dit à sa femme :

— Gabrielle, sais-tu qui était le traître qui a conduit les routiers aux différents gués ? Ton digne ami et amant, Guitard.

— Ni ami, ni amant ! dit Gabrielle avec indignation, c'est précisément ce qu'on pouvait attendre de sa part. Mais Christophe, ajouta-t-elle en baissant la voix, as-tu vu Fabien, ou as-tu entendu parler de lui ?

— Ni l'un ni l'autre, j'ai peur qu'il n'ait rejoint Guitard.

— Ah ! j'espère que non ! Et elle se mit à pleurer.

— Et mon père ?

— Il est tranquillement chez lui à manger son bouilli. Tu sais qu'il a dit que ce serait jouer sa vie que de descendre ici, en sorte que je ne l'ai pas pressé, mais j'ai entendu dire qu'il avait fait une bonne journée auprès des canons, ce qui lui paraissait plus dans son rôle que de nous accompagner hors des murailles. Comme c'était beau de voir l'Évêque sortir des portes, en retenant sa mule comme un cheval de bataille! Ses yeux bleus lançaient des éclairs sous sa visière !

— Savez-vous comment la sortie a été décidée? dit Bertrand. Moi qui étais dans la ville, je puis vous le dire. Les moines entouraient l'autel de la cathédrale, en implorant la protection de Dieu, lorsqu'une voix s'est fait entendre auprès du sanctuaire : Sortons !

— Quelle était cette voix? dit Victor.

— Celle de l'Évêque, je suppose, dit Bertrand, les paroles n'avaient rien d'inconvenant quoi qu'on puisse dire du lieu où elles ont été prononcées. Je n'ai pas encore songé à vous raconter une étrange aventure qui m'est arrivée hier au soir. En passant près de la montagne Denise, comme vous l'appelez, en revenant de Miremont, j'ai rencontré, tout d'un coup, un homme de grande taille, qui pouvait avoir cinquante ans, avec une barbe noire flottant sur une robe d'hermite. J'ai dit : Dieu vous garde. « Bene- dicite, » m'a-t-il répondu, vous me paraissez un homme de paix, comme moi. « Oui, mon père, » ai- je répliqué, mais c'est le moment pour les hommes de paix d'être particulièrement fervents dans leurs prières pour les hommes de guerre qui vont soutenir la bonne cause. « Que voulez-vous dire ? a-t-il de- mandé. » Je veux dire que huit mille routiers envi- ron vont attaquer le Puy, où il y a beaucoup d'hom- mes de guerre, sans compter les hommes de paix, les femmes et les enfants. « Et de saintes reliques, a-t-il dit en faisant le signe de la croix. Est-il possi- ble que ces misérables pensent à attaquer la ville favorite de Notre-Dame, qui possède la miraculeuse image sculptée par le prophète Jérémie et sur la- quelle il a tracé une prophétie touchant la naissance du Messie ? Assurément, une occasion comme celle- ci m'appelle, moi, vieux soldat du roi François, à mettre de côté ces habits et à reprendre mon arque- buse ! Il est vrai qu'un seul bras ne peut pas faire grand'chose, mais une seule tête peut être utile, et j'en sais plus long sur la stratégie et les surprises, sur les moyens d'assaut et de défense que ces bons citoyens, même avec leur brave évêque à leur tête. » Alors prenant dans son sein une bague qui portait quelques caractères gravés, il me dit :

— Portez ceci à l'Évêque, cette bague nous a autrefois servi de gage. Dites-lui, s'il a besoin de moi, de m'envoyer chercher sans faute.

— Votre commission peut me faire courir quelques dangers, ai-je répondu, mais puisque je ne combats pas pour la ville, je puis bien risquer ma liberté pour elle. Nous ferons tous deux ce qui est en notre pouvoir.

— Et est-ce que vous avez porté la bague ? s'écria Victor.

— Bien certainement. L'Évêque m'a reconnu, mais il n'a rien dit, si ce n'est pour me remercier de ma peine, et me demander si je me chargerais de retrouver l'hermite, dans le cas où il se déciderait à l'envoyer chercher. J'ai dit que oui. Il m'a recommandé de venir chez lui à neuf heures, ce soir. Les horloges des églises ont déjà sonné le quart, et il faut que je parte, réunissons-nous d'abord pour re-

17

mercier Dieu de la miséricorde qu'il nous a témoi-
gnée aujourd'hui, et pour lui demander de nous protéger demain.

Lorsque leur service fut achevé, après une prière
courte mais fervente, Bertrand remonta le rocher et
se dirigea en toute hâte vers le palais de l'Évêque.
L'aspect en était étrange et mêlé de paix et de
guerre. Des hommes armés et des moines tonsurés
allaient et venaient, on servait libéralement des
viandes chaudes et des vins généreux à ceux dont
les forces déjà éprouvées avaient besoin de se refaire ;
l'Évêque avait donné l'ordre d'admettre Bertrand qui
le trouva dans son cabinet, écrivant à la lueur d'une
lampe, avec une coupe encore remplie de vin sur la
table, et un homme d'une noble tournure à côté de
lui.

— L'inertie de Polignac, et la trahison de Saint-
Juste nous mettent dans une situation désavantageuse,
dit l'Évêque qui parlait tout en écrivant : ceci fera
l'affaire, je crois...

— Monseigneur, je suis là, dit Bertrand.

— J'étais préoccupé et je ne m'étais pas aperçu
de votre présence, dit l'Évêque en levant les yeux. Je

connais un peu les hommes, et je sais qu'avec toutes
vos lamentables erreurs de doctrine, vous êtes l'in-
tégrité même, c'est pourquoi je vous confie mon
message à l'hérmite, c'est pourquoi, il m'est indiffé-
rent que vous entendiez la lettre que je veux lire à
mon ami. Voilà ce que j'ai dit :

« Monsieur le baron de La Tour Saint-Vidal,

« Sachez que les hérétiques qui ont récemment
fait leur apparition en armes sur divers points de
notre diocèse, ont, dans les dernières douze heures,
attaqué Le Puy, et que, pour le moment, ils occupent
les villages de Saint-Laurent, Espaly et Saint-Marcel,
avec l'intention de renouveler demain leur attaque
contre nous. Nous les avons repoussés aujourd'hui,
en dépit de la supériorité du nombre. Rien ne peut
surpasser l'ardeur de notre jeunesse, nous avons de
la peine à la retenir. Demain le champ de bataille
nous restera probablement si vous, monsieur le baron de La Tour Saint-Vidal, voulez bien faire une di-
version en notre faveur en descendant de votre hauteur avec vos hommes d'armes bien disciplinés.

Chacun sait votre valeur et votre habileté, personne ne le sait mieux que moi. Je compte donc sur votre assentiment à ma demande. Avec l'aide de Dieu et de votre bonne épée nous serons forts. Ne nous manquez pas. Nous vous saluons en vous envoyant notre bénédiction.

ANTOINE,

Évêque du Puy, gouverneur
et comte du Velay.

— Cela ira, je crois? dit l'Évêque.

— A merveille, dit le sire de Maubourg. C'est-à-dire que c'est une excellente lettre, reste à savoir si elle réveillera le vieux lion dans sa tannière. Mais, en tous cas, la lettre est bonne, et je vais l'expédier.

L'Évêque cacheta sa missive avec son sceau, l'entoura d'un écheveau de soie, et la remit au commandant.

— Je vais dire au coquin de l'avaler plutôt que de la céder aux routiers, dans le cas où on l'attaquerait, dit Maubourg avec un grave sourire.

— La soie pourrait lui faire mal à l'estomac, dit l'Évêque; que la paix soit avec vous.

Le seigneur de Maubourg sortit.

— A toi maintenant, dit l'Évêque. Approche de la lumière.

Bertrand s'avança jusqu'à ce que la lueur de la lampe donnât en plein sur son visage. L'Évêque le regarda attentivement pendant quelques minutes sans parler.

— Tu es de ceux, dit-il enfin d'un ton fort différent de l'accent de plaisanterie avec lequel il avait répondu au sire de Maubourg, tu es de ceux qui auront à répondre de l'égarement de l'une des plus précieuses créatures de Dieu. Sans doute tu croyais servir Dieu. Je ne te blâme pas, c'est à ton maître de te juger, j'ai fait cette promesse à une personne qui m'est plus chère que ma vie, tant que tu ne commettras point d'offense publique dans mon diocèse; mais il aurait mieux valu pour toi n'être jamais né que de mettre en danger le salut de Madeleine de Saint-Nectaire.

Bertrand était sur le point de répondre, doucement et sérieusement : « C'est mon avis, monseigneur. » Mais il réfléchit et garda le silence. L'Évêque changea de sujet : _

17.

— Venons-en à notre affaire, dit-il. Tu t'es engagé à délivrer verbalement mon message au maître de cet anneau, je serai bien aise qu'il m'accorde immédiatement sa présence et son concours.

— S'il ne vient pas, monseigneur, ce sera par sa faute, ou il me sera arrivé malheur. Je puis être arrêté.

— Par ton parti !

— Oh ! monseigneur, ne nous faites pas la grossière injure de les nommer ainsi !

— C'est vrai, je sais distinguer. Les routiers ne sont pas tout à fait de la même étoffe que Bertrand...

— Et Mélan de la Vigne.

— Il est vrai. Ton malheureux frère a persisté dans son hérésie. Tu peux encore en revenir. Adieu, je n'ai point encore pris de rafraîchissement.

— Vous avez combattu le bon combat aujourd'hui, monseigneur.

— Je l'espère, avec la bénédiction de Dieu. Bonsoir, voilà votre passe.

A la pointe du jour, on aperçut les routiers qui se dirigeaient de nouveau en masse vers la ville, mais ils n'avaient que deux pièces de campagne, et après avoir changé de position deux ou trois fois, plutôt à leur désavantage qu'au détriment de la ville, ils envoyèrent un guidon pour demander une trève. Lorsque le porteur d'étendard se fut approché des murs, on reconnut le traître Saint-Juste, et un cri d'exécration s'échappa de toutes les bouches. Lui-même, apercevant sur les remparts l'Évêque, le Comte, les Consuls et tous les principaux gentilshommes du Puy, se troubla d'abord et changea de couleur, mais il eut cependant l'effronterie de demander à parlementer. Se voyant repoussé avec le mépris qu'il méritait, il donna de l'éperon à son cheval, et montrant le poing à ses concitoyens, il reprit sa course vers ses nouveaux camarades.

Quelque temps après, les routiers se remirent en mouvement. Cette fois ils dirigeaient leur assaut vers l'Aiguille, et on les vit bientôt s'élancer sur l'étroit sentier tournant qui gravit le rocher, à la grande terreur des fugitifs de la caverne, qui se trouvaient non-seulement à portée de leurs fusils, mais qui pouvaient presque distinguer leurs traits, et qui se retiraient dans les profondeurs de leur caverne, dans la crainte d'être aperçus.

Ce fut pendant que les routiers étaient occupés à saccager l'église qui se trouvait en haut du rocher, que Bertrand saisit l'occasion d'entrer dans la ville avec l'hermite, qui se rendit immédiatement auprès de l'Évêque et du Comte, fut affectueusement accueilli par tous deux, et qui leur prêta dorénavant l'utile concours de ses conseils. L'histoire a parlé de cet homme éminent. Ce fut leur seul appui; car les barons, uniquement soucieux de leur propre sûreté, restèrent tranquillement dans leurs forteresses comme les enfants d'Edom au jour de la détresse d'Israël. La journée se termina sans que les assaillants eussent remporté aucun avantage, et la musique fit de nouveau entendre sur le rempart ses airs de triomphe.

Le troisième jour, on recommença à plusieurs reprises à donner l'assaut, et les bourgeois firent de fréquentes sorties, toutes à la déconfiture des assaillants qui, vers le soir, abandonnèrent l'entreprise et s'enfuirent par bandes éparses, laissant Blacons devant le Puy avec le reste des hommes d'armes du Terrible Baron pour tout appui.

Sa fureur était extrême, mais que faire? Ses alliés s'étaient dispersés pour chercher une proie plus facile dans les couvents isolés, les villages sans défense, où les châteaux mal gardés, portant la terreur partout où ils allaient, et laissant toujours derrière eux la désolation. Blacons n'eut d'autre ressource que de les suivre, lorsque les ombres de la nuit purent cacher son ignominieuse retraite.

Lorsque le jour commença de paraître, et qu'on aperçut la plaine libre d'ennemis, la joie fut extrême dans la ville. Elle n'était pas universelle pourtant, bien des gens soignaient les blessés et d'autres pleuraient les morts. Victor avait reçu une blessure qui eut assez de pouvoir sur le cœur de Colette pour la décider à l'épouser après sa guérison, ce qu'il avait par conséquent une double raison de hâter le plus possible. On retrouva le corps de Fabien dans les rangs des ennemis, ce qui aggrava le chagrin de son père et de sa sœur. Marceline était l'objet de la plus vive compassion. L'effet de l'air de la nuit dans la caverne, la terreur que lui avait causé le voisinage des routiers dont les balles étaient venues tomber une ou deux fois dans leur retraite, et un malheureux mouvement à faux qu'avait fait Christophe, en faisant remonter le rocher à sa tante, tout cela avait épuisé ce corps débile. Celles qui la soignaient s'aperçurent avec effroi que sa fin était proche. Souvent, pendant le cours de cette longue et accablante journée, ses yeux se tournaient lentement du côté de la porte lorsqu'une ombre venait l'obscurcir, dans l'espoir que c'était celle de Bertrand. A chaque fois, elle détournait les yeux d'un air désappointé, en se disant : — Il ne vient pas, non, il ne vient pas. Il a été beaucoup pour moi, mais je ne suis rien pour lui. Il en est toujours ainsi des liens terrestres, ils nous font défaut quand ils nous sont le plus nécessaires. Je n'ai aucun droit sur lui, et cependant il me semble que sa présence me donnerait la paix et la sécurité. *Sembler !* cela suffirait. Y a-t-il un bâton, un appui qui puisse nous soutenir dans la sombre vallée si ce n'est le bâton et l'appui de Dieu ? y a-t-il un bras qui puisse nous fortifier tendrement et fermement comme le bras de Jésus ? Oh ! non ! oh ! non ! Les compagnons de Saint-Paul l'ont accompagné jusqu'au bord de l'eau, mais ils n'ont pas pu entrer avec lui dans le vaisseau. Moi aussi, il faut que je traverse seule cette sombre rivière, mais je ne suis pas seule, mon Père est avec moi !

Fermant résolument les yeux, elle ne les rouvrit pas, bien qu'elle ne dormit point ; elle s'appuyait sur le sentiment de la présence de Dieu. S'il lui arrivait de perdre momentanément connaissance, elle la retrouvrait sans souffrance, et elle sentait que Colette était à côté d'elle, sans avoir besoin de lever les yeux pour la voir. Colette restait muette et silencieuse, le cœur abîmé dans une prière secrète, tout en sentant les ombres de la mort qui s'étendaient peu à peu sur le visage de Marceline. Les portes et les fenêtres étaient ouvertes afin de laisser entrer le moindre souffle d'air, car la soirée était si calme que les feuilles restaient immobiles, et les voix éloignées de la ville basse que le vent ne leur apportait pas, mais n'emportait pas loin d'elles arrivaient jusqu'à la malade comme un vague et doux murmure.

Tout d'un coup, l'air de la nuit s'éleva plus frais et plus pur, et vint soulager la mourante et sa garde. La mère Suzanne à genoux priait dans un coin. On avait allumé la lampe en la plaçant derrière Marceline pour ne la point gêner. Colette, qui ne la quittait pas du regard, désirant de s'assurer si elle dormait, vit un sourire d'une inexprimable douceur errer sur ses lèvres. Sans ouvrir les yeux, Marceline dit à voix bassse : — Sais-tu jusqu'où va la force de l'imagination ? je me figure presque que Bertrand est là, auprès de moi.

— Il y est, j'y suis, dit Bertrand en lui prenant doucement la main.

Elle leva les yeux, lui jeta un regard affectueux et reconnaissant, puis d'un air étonné et radieux, elle tourna tout d'un coup ses regards vers quelque chose qu'il ne voyait pas, le contempla un instant avec transport, et elle expira dans cette extase.

On peut lire dans les chroniques du Puy, comment les routiers attaquèrent de nouveau la ville, comment l'hermite la défendit, comment le baron de Saint-Vidal sortit enfin de son inaction, et finit par rendre à l'Evêque de bons services, et enfin comment Madeleine de Saint-Nectaire devint l'une des héroïnes de la Réformaion.

FIN

TABLE

—

FIN DE LA TABLE

13,247. — Abbeville, imp. R. Housse, chaussée Marcadé, 90.

GRASSART LIBRAIRE - ÉDITEUR

3, rue de la Paix et rue Saint-Arnaud, 4,

A PARIS.

EXTRAIT DU CATALOGUE

NOUVEAUTÉS

—

fr. c.

Amélie Sieveking, mémoires authentiques ex-
traits, en son nom, de son journal et de ses lettres,
1 vol. in-8°, orné d'un portrait, avec préface, par le
docteur Wichern . . . . 5 »»

Anatomie (l') du Papisme, par F. Puaux, troisième édition revue et corrigée. In-12 . . . . . . 1 »»

Anne-Babi, par J. Gotthelf, traduit de l'allemand
par Max Buchon. 2 vol. in-12. . . . . 6 »»

Anneau (l') nécessaire, ou colportage de la
Bible par les femmes. — En anglais *Missing Link,* par
L. N. R., extrait de l'anglais par mademoiselle Rilliet
de Constant. In-12. . . . . 2 »»

Annuaire protestant, Statistique historique pour
1862, 8ᵉ année. Grand in-18 . . . . 2 25

Appel aux protestants indifférents, à l'occasion du jubilé de la Réformation française, par
M. A. Bastide, pasteur. In-18 . . . . » 15
50 exemplaires. . . . . 5 »»

Auguste Pidou, landamman du canton de Vaud
(un magistrat suisse), notice historique par Vullie-
min. In-12 . . . . 4 »»

Authenticité du Nouveau Testament, par
le docteur Olshausen, traduit de l'allemand par
A. Réville. In-12 . . . . 2 »»

Avenir (l') du Protestantisme, Sermon, par
L. Rognon. In-8° . . . . » 75

Avertissement Biblique, en vue du retour de

J.-C., par É.-L. Geering, traduit de l'allemand. In-8°. 1 60

A vous ! Sept discours dédiés aux ouvriers, par Richard Weaver, avec une notice biographique. In-18. » 75

Baptême (le), l'Alliance et la Famille, par Philippe Wolff, de Genève, pasteur à Montréal (Canada). In-12. . . . . 3 »»

Bassoutos (les), ou Vingt-trois Années de séjour et d'observations au Sud de l'Afrique, par E. Casalis. In-8° . . . . 5 »»
In-12 . . . . 3 »»

Bibliothèque coloriée pour la Jeunesse, par Napoléon Roussel. 4 vol. in-12 carrés, ornés chacun de 6 gravures coloriées tirées à part, reliés en percaline, titre doré sur le plat. — Chaque volume se vend séparément :
Les Oiseaux. . . . . 3 »»
Les Animaux . . . . 3 »»
Les Champs. . . . . 3 »»
La Bible . . . . 3 »»
Chaque volume doré sur tranche 3 50

Bienfait (le) de Jésus-Christ crucifié envers les chrétiens, par Paléario, traduit de l'italien et précédé d'une introduction historique, par L. Bonnet. In-12. 1 »»

Bonheur (le), troisième série de Discours, prononcés à Genève par M. de Gasparin. In-12 . . . . . 3 »»

Bon (le) vieux temps ou les premiers Protestants en Auvergne, traduit de l'anglais par madame de W... In-12 . . . . 3 »»

Botanique biblique ou courtes notions sur les végétaux mentionnés dans les Saintes Écritures. In-12 avec 18 planches 2 50

Calvin au Val d'Aoste, par Jules Bonnet, mémoire lu à l'Académie des sciences morales et politiques. In-8° . . . . 1 »»

Canon (le) des Saintes-Écritures, au double point de vue de la science et de la foi, par L. Gaussen, 2 vol. grand in-8°. . . . . 15 »»

Cantiques imités de l'anglais, in-18, paroles et musique n° I et II, chacun. . . . . » 20
N° III . . . . » 40

Catacombes (les) de Rome, par L. Abelous, pasteur, suivies de *Souvenirs de Rome*, par un voyageur anglais. In-12 . . . . 1 50

ordre alphabétique, présentant un exposé analytique
des principes, des doctrines, des préceptes et des faits
de l'Écriture, et renfermant la collection la plus com-
plète des parallèles, par *C.-H. Lambert*. Deuxième
édition, corrigée et augmentée de 48 pages de texte.
— Un volume in-12, impression très-soignée sur beau
papier. — Prix : broché . . . . 5 »»
Reliure percaline . . . . 6 »»
Dictons (les) du peuple et les paroles de Jésus-
Christ, par Napoléon Roussel. In-18 . . . . . . 1 25
Discours religieux, par E. Diodati. In-8 . . . 5 50
Dunallan, ou ne jugez pas sans connaître, par Miss
Grace Kennedy, traduit de l'anglais. 2 vol. in-12, troi-
sième édition . . . . 5 »»
Église (l') sous la Croix pendant la domination
espagnole. Chronique de l'Église réformée de Lille,
par Charles-Louis Frossard. Grand in-8° . . . . 5 »»
Élans de l'âme vers Dieu, par N. Roussel. Nou-
velle édition ornée d'une belle gravure représentant
la Cène d'après Léonard de Vinci. In-8° 3 25
Ellen Mordaunt, ou les Effets de la vraie Reli-
gion, traduit de l'anglais et précédé d'un avant-pro-
pos par S. Descombaz, pasteur. In-12 . . . . . 3 50
Emilia ou le legs d'une mère. In-12 . . . . . 1 50
Empire (l') des sources du Soleil, ou le
Japon ouvert. In-12 . . . . 2 »»
Enfantines (les), Poésies par L. Tournier. In-18. 1 25
Enseignement complet et méthodique de l'Hy-
giène, par Guy Raoul. In-12 . . . . 3 »»
Épître à l'épouse de l'agneau, par Colondre,
officier de marine. In-12 . . . . 1 25
Escapades d'un homme sérieux, par Armengaux. In-12 3 »»
Esprit d'Alexandre Vinet. Pensées et Ré-
flexions extraites de tous ses ouvrages et de quelques
manuscrits inédits, rangées dans un ordre méthodique
et précédées d'une préface, par J.-F. Astié. 2 vol. in-12. 7 »»
Essai sur la poésie religieuse en Allemagne,
par J. Schneider. In-12 . . . . » 75
Essai sur la religion des gens du monde,
par Puaux. In-12 . . . . 2 50
États-Unis (les) en 1861, par G. Fisch. In-12 . 2 »»
Étude sur l'Épître aux Hébreux, par E.
Guers. In-8° . . . . 7 »»

Évangile (l') expliqué aux Petits, par Napoléon Roussel. Ouvrage plus particulièrement destiné aux Écoles du dimanche. 2 vol. in-12 ornés de 18 gravures sur bois . . . . 4 »»

Exercices de piété pour la Communion, par F.-A. Gouthier. In-48 . . . . » 50

Reliure percaline . . . . 1 »»

» » doré sur tranche 1 25

» chagrin, doré sur tranche . . . . 3 »»

Exploration dans l'intérieur de l'Afrique australe, et voyages à travers le continent de Saint-Paul de Loanda, à l'embouchure de Zambèze, de 1840 à 1856, par le révérend docteur David Livingstone, traduit de l'anglais. Grand in-8°. . . . . 20 »»

Famille (une) à la campagne, par madame de Witt née Guizot. In-12 . . . . 3 »»

Familles bibliques, Méditations et Prières adaptées à la vie domestique, par Eugène Gleize, pasteur. In-18 . . . . 1 50

Femmes (les) du Nouveau Testament, par Napoléon Roussel. Ouvrage orné de onze belles gravures sur acier, d'après les grands maitres. Petit in-4°. 12 »»

Fiancée (la) du ministre, par B.-H. Stowe, traduit de l'anglais. In-12. . . . . 2 50

Fiord (le). Scènes de la vie norwégienne, par Miss Martineau, traduit de l'anglais. Grand in-18 . . . . 2 50

Foi et Charité. Nouveaux récits populaires, d'après le docteur Wichern. Traduction de l'allemand. In-12. . 1 50

Fond (le) et la Forme, ou le But et le Principe de la vie. Traduit de l'anglais de madame Mac-Intosh. In-12 . . . . 2 50

France (la) protestante, ou Vies des protestants français qui se sont fait un nom dans l'histoire depuis les premiers temps de la Réformation jusqu'à la reconnaissance du principe de la liberté des cultes par l'Assemblée nationale. Ouvrage précédé d'une notice historique sur le Protestantisme en France, et suivi de pièces justificatives, par MM. Haag. 9 vol. in-8°. . 72 »»

Fulton, George et Robert Stephenson, ou les Bateaux à vapeur et les chemins de fer, par A. Janin. Un fort volume in-12 . . . . 3 50

Général (le) Washington et madame la générale Washington, Biographies par M. Étourneau, or-

Histoire des Protestants de Picardie, particulièrement de ceux du département de la Somme, par L. Rossier. In-12 . . . . 3 »»

Histoire d'une Bible, racontée par elle-même, traduit de l'anglais. In 8° . . . . 4 »»

Histoire d'un homme qui a perdu un sens, ou Vie du docteur J. Kitto, par C. De Faye. In-12 . . . . 1 50

Histoire de Jeanne d'Albret, Reine de Navarre, précédée d'une étude sur Marguerite de Valois sa mère, par M. Théod. Muret. In-12 . . . . . . 4 »»

Histoire d'une bouchée de pain. Lettres à une jeune fille sur la vie de l'homme et des animaux, par Jean Macé. In-12 . . . . 3 »»

Histoire d'une ville protestante (Montauban), par Mary Lafon. In-8° 5 50

Histoire populaire des Vaudois, enrichie de documents inédits, par A. Muston. In-12 . . . . . . 2 »»

Histoire de la famille Fairchild, traduite de l'anglais de madame Sherwood. 3 vol. in-12 . . 8 »»

Histoire de Vigilance, prêtre et réformateur des Pyrénées au v° siècle, par N. Peyrat. In-12 . . . 1 50

Histoire de France à l'usage des écoles protestantes, par madame B.-D. In-12 avec trois cartes coloriées 3 »»

Histoire de France à l'usage de la jeunesse, par Jacques Porchat. In-18 . . . . 1 25

Histoire populaire du Protestantisme, par M. Baux-Laporte. In-12 . . . . 2 »»

Histoire sainte de l'Ancien et du Nouveau Testament, en gravures. 45 sujets noirs. 2 50 . . . . coloriés. 3 75

Histoire de la Réformation du xvi° siècle, par J.-H. Merle d'Aubigné. Première partie. Edition populaire revue par l'auteur. 4 vol. in-12 . . . . 14 »»

Histoire de la Réformation française, par F. Puaux. 6 vol. in-12 . . . . 18 »»
(Les cinq premiers volumes sont en vente.)

Histoire des trois premiers siècles de l'Église chrétienne, par E. de Pressensé. 4 vol. in-8°. 24 »»

Histoire d'Angleterre, depuis les temps les plus reculés jusqu'à l'époque de la Révolution française, avec un résumé chronologique des événements jusqu'à nos jours, par Émile de Bonnechose. 4 vol. in-8° . . . . 28 »»

Observations pratiques sur la prédication, par A. Coquerel. In-12 . . . . 3 50

Oraison (l') chrétienne ou la Prière du cœur, par J.-A. Bost. In-18. . . . . 1 25

Ouvriers (les) selon Dieu et leurs œuvres, par de Triqueti. Huit séries en 7 vol in-18. . . . . . 5 25
 (Chaque série se vend séparément 75 c.)

Pain quotidien pour les chrétiens. Édition de luxe. In-48, broché . . . . » 75
 Reliure toile. 1 25
 » » doré sur tranche 1 50
 » chagrin-portefeuille . . . . 3 »»
 » chagrin, doré sur tranche. 3 25

Paroles d'un protestant, par Th. Muret. In-18. » 15
 50 exemplaires. . . . . 5 »»

Peintures et poésies évangéliques pour la jeunesse, par Napoléon Roussel. Collection de 16 cartes, gravures coloriées d'un côté, poésies de l'autre. —
 La vie de Jésus-Christ 1 60
 Les paraboles de Jésus-Christ 1 60

Pèlerinage (le) du Bonhomme Pensif, par J.-C. In-12. . . . . 1 75

Pensées pratiques sur le livre d'Isaïe, par Lady Verney, traduit de l'anglais. In-8° . . . . . 4 »»

Perle (la) de l'île d'Orr, par madame H. Beecher-Stowe. In-12. . . . . 3 »»

Petit (le) Sauvage, par le capitaine Marryat. Traduit de l'anglais. 2 vol. in-12 . . . . 3 50

Petite May, ou comment serais-je utile? Traduit de l'anglais. In-18 . . . . 1 50

Petites fables pour les enfants de trois à dix ans. In-12 cart. 1 25

Petites méditations chrétiennes à l'usage du culte domestique par madame de Witt née Guizot. In-8° 5 »»

Petits enfants (les). Contes d'une mère, par madame de Witt, née Guizot. In-12 . . . . . . 3 »»

Peuples (les) étranges, par le capitaine Mayne-Reid. In-12 avec gravures . . . . 2 »»

Poëtes du siècle de Louis XIV, par A. Vinet. In-8° . . 6 »»

Philosophie (la) de la Religion, par M. Matter, conseiller honoraire de l'Université; ancien inspecteur général des bibliothèques publiques, etc. 2 vol. in-12 . . . . 8 »»

Premiers (les) Jours du Protestantisme en France, depuis son origine jusqu'au premier synode national de 1559. Ouvrage publié à l'occasion du troisième jubilé séculaire de ce synode, par H. de Triqueti. Deuxième édition. In-12 . . . . 1 50

Préceptes mis en pratique, ou Illustration de quelques passages du livre des proverbes. Histoire pour la Jeunesse, traduit de l'anglais, par mademoiselle E. Berard. In-12 . . . . 1 »»

Précis de l'histoire de l'Église Réformée de Paris, d'après des documents en grande partie inédits, par Ath. Coquerel fils. Première époque 1512-1594. In-8° . . . . 4 »»

Prédicateur (un) catholique au xvᵉ siècle (Geiler de Kaisersberg), par A. Schaeffer. In-12 . . . 1 »»

Protestantisme (le) en Normandie, depuis la révocation de l'édit de Nantes jusqu'à la fin du xviiiᵉ siècle (1685-1797), par Francis Waddington. In-8° 4 »»

Protestants (les) illustres, par F. Rossignol. 1 vol. in-12, renfermant 10 portraits gravés et 10 notices biographiques . . . . 1 »»

Prières chrétiennes à l'usage des familles, par madame Jules Mallet. Cinquième édition. In-8°. . . . 3 »»

Prières d'un enfant, par Napoléon Roussel. In-18 . . . . » 50

Prieuré (le) de Dashwood, ou Louis Mortimer à l'Université, par E.-J. May; traduit de l'anglais par mademoiselle Rilliet de Constant. Suite des *Heures d'école du jeune Louis.* In-12 . . . . 3 50

Psaumes (les) médités, par Napoléon Roussel. In-18. 1 50

Psaumes (Recueil de) et Cantiques à l'usage des Églises réformées. In-12 broché. Musique 4 parties 2 50
In-32 broché. Mélodie seule 2 25
In-18. Sans musique 1 25
(Assortiment d'exemplaires reliés pour les églises.)

Quelques idées, ou Sommaires de 58 discours prêchés à Amiens, par L. Rossier, pasteur. In-12 2 »»

Qu'est-ce que prêcher l'Évangile? Paroles sérieuses adressées aux membres de l'Alliance Évangélique. In-8° . . . . 1 »»

Qui est Jésus-Christ? par Napoléon Roussel.
In-12 . . . . 2 »»

Qui trouble les Églises réformées de France? par
J. Pédézert. In-8° . . . . » 50

Raison (la) en face du tombeau de Jésus-Christ,
par Puaux In 12 . . . . 3 »»

Récits histoirques pour la jeunesse protestante, imité de l'anglais, par S. Bérard. In 12. . . . 2 »»

Récits populaires. Le Major Gruber. — Le Galé-
rien. Par L. Abelous. In-12 . . . . 1 50

Réforme (la). Esquisses historiques offertes à la
Jeunesse, par S. Descombaz. 2 vol. in-12 . . . . . 5 50

Réformateurs (les) de la France et de l'Italie
au xii°siècle, par Nap. Peyrat. In-12 . . . . 3 50

Religion (de la) dans les choses de la vie usuelle,
par le Rév. J. Caird. In-12 . . . . » 75

Réveil (le) américain, ou Puissance de la prière.
Manifestation éclatante de la grâce divine dans les
réunions de prières tenues en divers lieux pendant
1857 et 1858, et principalement à Fulton-Street (New-
York), par Samuel Irenæus Prime. Traduit librement
de l'anglais par S. Bérard, pasteur. In-8° . . . . . 3 »»

Robert et James Haldane, leurs travaux
évangéliques en Écosse, en France et à Genève; traduit
de l'anglais sur la deuxième édition par E. Petit-Pierre.
In-12 . . . . 5 »»

Rome et la Bible. Manuel du controversiste évangélique, par Félix Bungener. In-12. . . . . 3 50

Rome et le Cœur humain, Études sur le Catholi-
cisme, par F. Bungener. In-12 . . . . 3 50

Rosa, par madame E. de Pressensé. In-12. . . . . 1 50

Sais-tu? Oui. — Retiens. — Non. — Apprends. Recueil
de poésies simples et faciles. In-12 cart. . . . . . » 75
En 3 livraisons séparées, chacune . . . . » 25

Sarah Mortimer, ou l'Expérience de la vie, par
l'auteur de *Amy Herbert, Gertrude,* etc. In-12 . . . 3 50

Saxelford. Récit pour la Jeunesse, par E. J. May,
auteur des *Heures d'école du Jeune Louis,* etc. Traduit
de l'anglais, par H. Kruger. In-12 . . . . 3 50

Sermons (choix de) du révérend C.-H. Spurgeon;
traduit de l'anglais. In-12. . . . . 1 50

Sermons par C. Bastie, pasteur de l'Église réformée.
In-12 . . . . 3 50

Sermons et Homélies, par A. Coquerel fils. 2 vol. in-12. Chacun 3 50

Simple commentaire sur la vie de Notre-Seigneur Jésus-Christ, puisé dans les quatre Évangiles, traduit de l'anglais de lady Wake par mademoiselle de Chabaud-Latour. 2 vol. in-8° 12 50

Sir Rolland Ashton. Histoire contemporaine, par lady Catharina Long. Traduit librement de l'anglais. In-12 . . . .

Six (les) jours de naissance de Susanne. 1 beau vol. in-12 avec gravures . . . .

Sœurs (les) jumelles, par Miss Sandham ; traduit librement de l'anglais. In-12. . . . . 2 » »

Solutions évagéliques, trois sermons, par A. Réville. In-8° 1 25

Sort (du) des méchants dans l'autre vie d'après l'Écriture sainte. In-8° . . . . » 50

Souhaits (les) d'Henriette, ou l'Esprit de domination, par l'auteur de *l'Héritier de Redcliffe.* In-12 . 3 » »

Souvenirs de la deuxième conférence universelle des unions chrétiennes de jeunes gens. Genève. In-12 . . . . 3 50

Souvenirs de l'oncle William. Histoire d'une famille naufragée, par madame R. Bolle, auteur d'*une Institutrice en Angleterre.* In-12. . . . . . . 1 50

Symbolique du Culte de l'Ancienne Alliance, par Willelm Neumann. — Première partie. — Introduction.— Le personnel du Culte. In-8° 3 50

Théologies (les deux) nouvelles dans le sein du protestantisme français. Étude Historico-dogmatique par J.-F. Astié. In-12 . . . . 3 50

Traités Roussel (nouveaux choix de). In-12. 2 75

Trappeurs (les) du Kansas. Histoire américaine, racontée à la Jeunesse, par W.-O. Horn. Traduit de l'allemand. In 18 . . . . 1 60

Tribulations (les) de madame Palissy, traduit de l'anglais, par madame R. C. In-12 . . . , 2 50

Tristesse et Consolation, ou l'Évangile prêché sous la croix. — Méditations dédiées aux affligés, par J.-H. GrandPierre. 5e édition, augmentée de deux nouvelles méditations. In-12 . . . . 2 » »

Troisième (le) jubilé séculaire de la Réformation en France (29 mai 1859). Compte rendu général publié par la commission du Jubilé. Grand in-8°. . . . 2 50

Trois mois en Irlande, par N. Roussel. In-12 . 1 25

Vaudois et vallées du Piémont, par N. Roussel. In-12 . . . . 1 25

Vie de Richard Weaver, mineur converti et ancien boxeur. Traduit de l'anglais par M. Esteoule. In-12 avec portrait 1 25

Vie de village en Angleterre ou Souvenirs d'un exilé, par l'auteur de l'*Étude sur Channing.* In-12 . . 3 »»

Vesper, par l'auteur des *Horizons prochains.* In-12 3 »»

Véritable (le) ami des enfants, et des jeunes gens, par C. Malan. 4 vol. in-12 avec 16 grav. . . . 6 »»

Vie (de la) dans les études, ou Essai sur les moyens d'exciter la jeunesse au travail et de lui inspirer l'amour de ses devoirs, par L.-F. Gauthey. In-12 1 »»

Vie (la) éternelle. Sept discours, par Ernest Naville. In-12 . . . . 3 50

Vie (la) de Notre Seigneur Jésus-Christ. Récits tirés des quatre Évangiles, ornés de plusieurs gravures sur acier. In-8° . . . . 5 »»

Vie de Martin Luther, par Gust.-Ad. Hoff. 1 vol. in-12 . . . . 2 »»

Vie du contre-amiral sir Edward Parry, par son fils, le révérend Edward Parry, traduit de l'anglais. In-12. . . . . 2 50

Vie de Gustave-Adolphe, par L. Abelous. In-12 1 »»

Vie pour vie, par Miss Mulock. In-12. . . . . 3 »»

Vieille (la) houillière ou Histoire d'une carrière brisée, récit pour la Jeunesse, par E.-J. May. In-12 3 »»

Vieillesse (la) avec Dieu. Consolation et Espérance, par M.-L. de C. In-12 . . . . 1 25

Vingt-trois ans de séjour dans le sud de l'Afrique, par R. Moffat, traduit de l'anglais par H. Monod. In-8°. . . . . 5 »»

Violette (en anglais *Heartsease*), par l'auteur de *l'Héritier de Redcliffe*; traduit de l'anglais. Deuxième édition. 2 vol. in-12. . . . . 6 »»

Voyage en terre sainte, par Félix Bovet. In-12 3 »»

Vrai (du) Type de l'Éloquence sacrée, par M. Matter. In-8° . . . . » 60

13,247 — Abbeville, Imp. R. Housse.

AUX MÊMES LIBRAIRIES

Le Christianisme et l'Esprit moderne, par Arbousse-Bastide. In-12 . . . . 3 fr. » »

Histoire de Jeanne d'Albret, reine de Navarre, précédée d'une étude sur Marguerite de Valois, sa mère, par M. Th. Muret. In-12. . . . . 4 » »

Récits historiques pour la Jeunesse protestante, imités de l'anglais, par L. Bérard. In-12 . . . . . . 2 » »

Luttes et Travail, par Cycla, traduit de l'anglais par E. Bérard. In-12 . . . . 2 50

Saxelford, récit pour la Jeunesse, par E.-J. May, traduit de l'anglais par Kruger. In-12. . . . . . . 3 50

Petites Méditations chrétiennes à l'usage du culte domestique, par madame de Witt, née Guizot. In-8° . . . . 5 » »

L'Anneau nécessaire ou Colportage de la Bible par les femmes. (En anglais : **Missing Link.**) Extrait de l'anglais, par mademoiselle Rilliet de Constant. In-12. 2 » »

La Fille du Comte, par l'auteur d'Amy Herbert. 2 vol. in-12 . . . . 5 » »

Le Tour de Jacob le Compagnon, par J. Gotthelf, traduit de l'allemand. In-12 . . . . 3 50

Fulton Georges et Robert Stephenson, ou les Bateaux à vapeur et les Chemins de fer, par A. Janin. In-12 . . . . 3 50

Pour paraître prochainement :

Sir Roland Ashton. Histoire contemporaine, par lady Catharina Long, In-12.

Les six jours de naissance de Susanne. 1 beau vol. in-12, avec gravures.

13,247 — ABBEVILLE, IMP. R. HOUSSE

www.ingramcontent.com/pod-product-compliance
Lightning Source LLC
Chambersburg PA
CBHW050151030726
47505CB00005B/1326